Christine Zander

Am Seil

Roman

Engelsdorfer Verlag

ISBN 3-937930-38-8

Copyright (2004) Engelsdorfer Verlag
Alle Rechte bei Christine Zander
Fotos: Wolfgang Blaschke (Titel)
　　　　Kai-Michael Breuer

Printed in Leipzig, Germany

(D) 12,90 Euro

für meine Kinder

&

für Hans

ohne den dieses Buch
nicht entstanden wäre

*S*ie nimmt den Biwaksack mit. Auch die Steigeisen. Sie weiß, daß sie beides tragen muß, daß sie den Mann nicht bitten will, es für sie zu tun, nicht jetzt, und nicht später in der Wand. Es ist sechs Uhr morgens, das Licht ist orange, mit einem zarten Schimmer lila, die Frau trinkt Kaffee. Sie steht mit der Tasse in der Hand vor der Hütte, in der es kälter ist als draußen und vom Nebel gestern feucht. Neben ihr der Rucksack. Noch offen und zu groß. Sie setzt die Tasse ab und gräbt alles noch einmal hervor, sie hat nichts vergessen, sie hat nur zuviel. Ein Shirt zum Wechseln, den Pullover aus Vlies, Regenjacke und -hose, sie hielte es nicht aus, bei einem Wettersturz kalt u n d naß zu sein. Aspirin, drei Tampons, die nichts wiegen, wer weiß, vielleicht überrascht ihr seit zwei Jahren unberechenbarer Körper sie ausgerechnet bei einer Tour. Dann die warmen Leggins, Handschuhe, Handy, etwas Creme für die Lippen, zwei Stück Pflaster, Kekse. Jedes einzelne dieser Dinge ist ganz leicht, und sie weiß nicht, woher das Gewicht letztlich kommt. Sie geht in die Küche, füllt zwei Trinkflaschen mit Wasser, setzt den Rucksack prüfend auf und verzweifelt wieder ab.
Nochmal das ganze. Der Mann tritt aus der Hütte. Sie wirft einen flüchtigen Blick auf seine ruppigen, überhasteten Bewegungen, sein angespanntes Gesicht, die steile Falte auf der Stirn und seine Bergschuhe, von denen sie weiß, daß sie ihn drücken. Er wird viel riskieren, denkt sie in Panik, wer freiwillig in solche Schuhe steigt, hält alles aus, er ist ein Masochist oder einer, der keinen Kontakt zu seinen Körperteilen hat. Und weil sie weiß, daß es gerade der Körper ist, den man beim Klettern fühlen muß, mehr als fühlen, jeder einzelne Muskel muß das Gehirn informieren, schnell und genau, und weil sie außerdem weiß, mit wem sie klettert, gibt sie endlich Ruhe und stellt die kleinere Trinkflasche in die Küche zurück.

Der Mann geht los. Er schaut sich nicht um. Er steigt über das hölzerne Gatter, das die Kühe der oberen Alm von der Hütte fernhält und beginnt mit dem Zustieg, die Frau sieht ihm nach. Für eine Sekunde verdichtet sich ihre Optik zu einer Großaufnahme: ein gleichmäßiges, wie maschinelles Gehen, der Rumpf schwingt weich über dem jeweils belasteten Bein. Dabei setzt der Mann nur die Fußballen auf, und sie sieht, wie die Waden beansprucht werden. Schon ist er einige Meter entfernt. Schon beginnt er, klein zu werden und die Wand dadurch groß. Und während sie sich in den Rucksack hangelt und endlich auch die Gurte findet, mit deren Hilfe sie ihn über der Hüfte festziehen kann, befiehlt sich die Frau, auf sich selbst zu achten.

Es war Mittag, als Magda das Labor verließ. Sie wischte die Maschine ab, sortierte die Aufträge und wechselte noch eine Rolle Fotopapier. Fünfzehn Filme hatte sie heute schon entwickelt, Schulanfang, Schulanfang, und alles auf Glanz. Grelle Farben, das Wochenende war sonnig gewesen, viele Blumen, Geschenke, und viel gebräunte Haut. Magda hingegen war noch immer weiß, sie hatte keinen Urlaub bekommen im Sommer, sie befand sich noch in der Probezeit. Ab September, hatte der Chef ihr gesagt, und Magda hatte freiwillig auch die Sonnabende übernommen, weil die jüngeren Kolleginnen wegfahren oder feiern mußten.

Doch dann war heute dieser Fotograf gekommen. Er ging selbst an die Maschine, er mache das schon immer so, er wüßte genau, welchen Farbton er wolle, der Chef und er hätten vor zwanzig Jahren zusammen studiert, das wären noch Zeiten gewesen. Und während er zu jammern begann über die schlechte

Auftragslage und die Kunst im Allgemeinen, daß es immer schlimmer würde, nahm Magda die Fotos, die die Maschine behutsam auszuwerfen begann, prüfte ihre Qualität und betrachtete sie. Obwohl die Landschaft südlich und trocken und öde und die Berge vulkanisch und abweisend waren, rührten sie in Magda etwas an. Vielleicht wegen der Farben, anders als beim Schulanfang: Siena, Ocker, dunkles Rotbraun, Beige. Manchmal lag im Vordergrund schwarzes Gestein mit gewaltigen, glänzenden Bruchflächen im Bild, und weit hinten das Meer, oder der Himmel, oder beides. Plötzlich verglich Magda damit ihr Haus, die Wiese, die Gärten dahinter, die Bahnlinie, den Bach. Er floß hier seit ihrer Kindheit, damals lila, jetzt klar, die Chemiefabrik war stillgelegt worden. Sie sah sich selbst auf ihrem Balkon, abends, allein, mit Zigaretten und trockenem Wein. Vor ihr auf dem Tisch das Telefon, das nicht klingelte, warum auch, die Kinder hatten ihr gemailt, daß sie in diesem Sommer nicht kämen, und von Klaus-Peter hatte sie sich getrennt. Sie wußte, daß er die Sommerabende mit der Familie am See verbrachte, oft genug hatte sie sein Grundstück umschlichen. Und doch wäre es schön und unendlich erleichternd, wenn er trotzdem anriefe, damit sie sagen könnte: Bleib bei deiner Frau, ich will dich nicht mehr! In ihr war eine ungeheure Menge dieser Worte, immer wieder hineingefressen und nie verdaut. Jetzt drängte das Zeug nach oben heraus, wollte durch den Hals, der viel zu eng dafür war. Jeder dieser Sätze müßte einzeln hervor und ihm gesagt werden, für jedes Jahr einmal, für jeden Monat, jede Woche, jeden Tag und jede Nacht. Und dann noch einmal für die Wochenenden, Geburtstage, Feiertage, Krankheit, Urlaub. Und Ostern. Und Pfingsten. Und Weihnachten. Und sie mußte es auch noch für die Zwillinge sagen, seine Zwillinge, die mit dagesessen und gefragt und gewartet hatten, ohne es zu verstehen. Aber Tochter und Sohn hatten wenigstens einander, waren nie allein gewesen, nicht einmal in ihrem Bauch.

Später wird sie den Grund für ihren Aufbruch nicht mehr wissen. Vielleicht waren es die Fotos, vielleicht die Mittagssonne, die sie plötzlich herauszog aus dem Neonlicht. Die Nachricht der Kinder, die zähe Müdigkeit, die sich neuerdings in Magdas Körper schlich, als läge da drin irgendetwas im Sterben, als trüge sie, statt Leben, einen Tod in sich aus. Die Musik im Einkaufscenter glich sich höhnend an, es waren Western-Tage, heulend das Lied vom Tod -
Ich mache Urlaub. J e t z t . Sie schob die Kasse zu.
Es war eine Hoffnung, die lodernd in sie fuhr, die einzige, letzte, bevor die Haut Falten schlug. Wenn sie jetzt nicht ginge, würde sie niemals gehen, sie wüchse fest in der Stadt, auf dem Balkon, im Warten, das ihre Jahre lautlos und gierig verschlang. Sie würde die Landschaft nicht mehr bemerken oder glauben, die ganze Welt sähe so aus: flach und durchgrünt und betoniert und verglast. Magda spürte ihn grell, den empfindlichen Moment dicht vor dem Altern, in dem sich entscheidet, ob das Erleben schärfere Konturen bekommt, wie unter erhöhter Aufmerksamkeit, oder blaß wird, kontrastlos, gleichgültig, stumpf. Wie Möbelstücke, die man nicht mehr entfernt. Weil sie immer da stehen. Die man aber nicht mehr sieht.

Magda hingegen wollte sehen. Woher sie gekommen war, wohin sie ging. Es mußte einen Plan geben für diesen Weg, von der Zeugung an, doch alles, was sie sah, war ein klaffender Riß: auf der einen Seite die Mutter und sie, in einsamer Liebe aneinandergepflockt, auf der Seite des Vaters ein blinder Fleck.
Und so ließ sie sich fallen in den flüsternden Bach, der sich nach Süden saugen läßt, immer schneller, immer kraftvoller, hinein in einen Fluß, der noch mehr Kraft hat und die Berge durchfräst, die großen, kalten Berge, die so festgerammt wirken und in Wahrheit unruhig sind unter ihrer vereisten Haut, weshalb sie der Fluß schließlich doch umgeht und sich in weitem Bogen dem Meer verspricht –
Sie kam bis ins Ennstal. Dort verließ sie die Kraft.

***Im** Schotter sind gleichmäßige Schritte wichtig. Unter jedem Tritt löst sich das Gestein, rutscht in Wellen abwärts, der Fuß findet keinen Halt. Während der linke einsinkt, setzt die Frau den rechten, belastet ihn und zieht sofort den anderen herauf, bevor er zu weit abgeglitten ist. Das klirrende Geräusch steht einzeln in der Stille, nur der Atem noch, nah, und zu kurz, denkt die Frau. Sie wünscht, sie könnte jetzt stehenbleiben, ein kleiner Stein ist in ihren Schuh gefallen und drückt spitz ins Fußgelenk, später, nicht hier. Doch der Stein verklemmt sich genau am Fersenbein, sie muß ihn entfernen, keine Wunde, nicht am Fuß. Längst liegt die Baumgrenze unter ihnen, seitlich Wasserrinnen, das Schneefeld taut ab. Wegen der Steine geht die Frau schräg versetzt hinter dem Mann, doch sie schaut nicht nach oben, sie will die Wand jetzt nicht sehen und auch nicht den Abstand zwischen sich und ihm.*

Als erstes sah sie zwei schmale Hände. Sie waren braungebrannt und nicht mehr ganz jung. Auf dem kleinen Finger der linken Hand steckte ein auffälliger Ring, aber die Finger waren an den Knöcheln zerschunden, die Handrücken auch, das paßt nicht zusammen, dachte Magda müde, was sind das für Hände, wo bin ich hier?

„Geht es Ihnen besser?"

„... kommt ... darauf an ..."

„Worauf?"

„Wer sind Sie?" Sie richtete sich auf. Die Rückenlehne ihres Sitzes war herabgelassen worden, sie befand sich in einem älteren Jeep, der von den Händen bergauf gesteuert wurde.

„Ich bin Martin."

„Und wohin fahren wir?"

„Wohin wollten Sie denn?"

Magda antwortete nicht. Sie hielt sich in den engen Serpentinen fest und schaute angestrengt geradeaus. An den Straßenrändern wuchsen steile Lärchen empor, wichen rostrot talwärts, verloren schon Nadeln.

„Bitte ... mir ist schlecht ..."

Martin hielt an, die Scheibe surrte herunter, drückende Schwüle griff herein.

„Das gibt ein Gewitter", sagte er hölzern, was sollte er sonst sagen, sie standen hier nicht gut, wenn von oben ein Fahrzeug kam, sah man sie zu spät.

„Ich fahr noch ein Stück."

Sie stieß die Tür auf und mußte sich übergeben, sie schaffte es nicht mal mehr, auszusteigen. Als sie wieder atmen konnte, fiel sie erschöpft in den Sitz, und Martin betrachtete sie genauer. Vom Schweiß klebten

ihr kurze, dunkle Haarsträhnen im Gesicht, sie trug enge Jeans, ein riesiges T-Shirt, flache Lederschuhe und beinernen Schmuck, wie er ihn noch nie gesehen hatte. Sie schloß wieder die Augen, wie vorhin, als er sie fand, und für einen Augenblick schien es ihm, als ließe sich die Frau plötzlich sehr tief fallen, wie es nach großer Anspannung geschieht, wenn man endlich weiß, man ist in Sicherheit.
„Weiter?"
„Die Kurven ... ich bin das nicht gewöhnt ... Entschuldigung ... ja."
„Was mache ich mit Ihnen?"
Magda schwieg erneut, schaute matt nach vorn, dann nickte sie und sagte sehr sanft: „Das ist egal."
Martin lachte, es war kein wirkliches Lachen, es klang eher wie Husten, das er sofort unterdrückte. Magda lehnte am Fenster. Die Sonne kam von der Seite. Sie setzte Magda ins Gegenlicht, zeichnete ihr Profil wie einen blassen Scherenschnitt und milderte die Spuren ihres Unwohlseins.
Martin überlegte, ob er rauchen könne und tat es dann einfach, sie reagierte nicht. Sie schien zu jenen Frauen zu gehören, die gern leiden, sich im Leid aber nicht verzehren, sondern, wie er sah, ihm Schönheit abringen. Er kannte solche Frauen. Sie kamen hierher, versprühten Begeisterung, drängten überall hin, bis sie sich selbst darin aufgebraucht hatten. Ihre Leidenschaft fraß heimlich ihre Energien, in den Bergen waren sie eine gewisse Gefahr. Man konnte sich ihnen nicht entziehen, nahm sie mit und merkte, wie sie selbst, meist zu spät, daß sie keine Reserven mehr hatten.

„Es ist schön hier", sagte Magda.
Er sah auf ihre Füße. Lederschuhe, glatte Sohlen, wußte sie, wo sie war?
Magda hingegen ließ sich tatsächlich fallen. Wenn dieser Mann nicht gekommen wäre, dann jemand anders, oder irgendwann ein Bus, und wenn nicht, wäre sie einfach am Straßenrand sitzengeblieben. Es war warm, es war trocken, es gab Wasser, es war still – das einzige, was es nicht gegeben hatte, war ein Grund für ihren Blackout, sie wußte nicht, was zwischen ihrer Rast im Farnkraut der Böschung und jenem Moment geschehen war, da sie im Auto wieder zu sich gekommen war.
„Ein Bett wäre schön. Kann ich bei Ihnen schlafen?"
„Sie fragen, als wüßten Sie, daß das geht."
„Geht es?"
Sie ruckten gewaltig nach vorn, Martin hatte scharf gebremst, eine hellbraune Kuh stand mit kantigem Steiß quer auf der Straße und glotzte genauso erschrocken wie sie.
Ich kenne das, ich habe das schon erlebt, Magda war jetzt hellwach, ich kenne das! Sie kramte aus der Handtasche ein Foto hervor, aber es war alt, und Gebirgsstraßen wie diese gab es sicher viele, sie ähnelten sich.
Daß er nicht nach ihrem Weg und ihren Absichten fragte, gefiel ihr, es paßte zu ihrem Gefühl, in einem Film zu sein, in dem sie bereits die Hauptrolle spielte, während man noch am Drehbuch schrieb.
Dann riß der Wald auf. Unvermutet traf ihr Blick auf ein Bergpanorama mit steilen Wänden, es fiel aus großer Höhe auf sie herab und war anders als die

Vulkane der Fotos: hellgrau, von Abendsonne gelb getönt, die scharfen Schatten verrieten die Zerklüftung.

Martin bog von der Straße ab, drosch den Jeep bergan, einen schmalen Weg hinauf, Steine und harte Gräser trommelten unten ans Blech.

„Bitte, Ihr Bett."

Er wies auf eine langgestreckte, niedrige Hütte, wie Magda sie von Ansichtskarten kannte. Dicke Holzstämme, verwittert, verzogen, sehr alt, in Blockhausmanier aufeinandergefügt. Zwei Türen, ohne Klinken, stattdessen Riegel aus Holz, alles war aus Holz, selbst das riesige Dach.

Die Gaststube leer. In dämmrigem Licht. Durch die kleinen Fenster fiel eine viereckiges Stück Sonne auf den offenen Herd und den schwarzen Kessel, der dicht über einer Mulde voller Asche hing. Als sie eintraten, schoß ein Schäferhund auf sie zu, sprang bellend an Martin hoch und schnappte nach seinen Händen.

„Gib Ruhe. Aus!"

Der Hund gehorchte, blieb ruhig vor ihm stehen, nur der Schwanz wischte noch aufgeregt hin und her.

Kein Wirt. Stattdessen ging Martin an die Theke, oder die Andeutung einer Theke, für eine wirkliche war kein Platz, nahm eine Flasche und zwei Gläschen, schob sie zu Magda hin, die auf eine abgewetzte Eckbank rutschte und die Felle betastete, die dort lagen.

„Ein Obstler hilft immer."

„Wogegen?" fragte sie.

Der Hund kroch unter den Tisch, legte den Kopf

neben Martin auf den Boden und das Hinterteil schwer auf Magdas Füße, vorsichtig zog sie sie zurück. Sie hatte die ganze Gaststube vor Augen, in die, von oben her, von den Wänden und Balken, eine ungeheure Menge alter Hausrat wucherte, so daß sie noch niedriger schien, als sie war.
„Servus. Auch wenn ich nicht weiß, wie Sie heißen."
„Magdalena."
„Schön -"
Sie kannte diesen Raum.
Sie sah, daß Martin gern fragen würde, was mit ihr passiert sei, doch er tat es nicht, und so saßen sie und sahen aneinander vorbei, einen kurzen Obstler lang, der Magda wirklich guttat, dann noch einen, und sie schwiegen, das war ungeheuerlich, sie saßen beieinander, sie kannten sich nicht, sie waren allein und hatten nur einen reichlich halben Meter Abstand zwischen sich, und sie sprachen nicht. Sie überlegten nicht einmal, ob das gut war oder schlecht, es war einfach so - ein überhöhtes Wachsein oder tiefste Entspannung, in diesem Augenblick dasselbe, nagelte sie fest. Wie den Hausrat. Und scheinbar ebenso alt.
Bis Magda aufstand, um den Tisch herumging, neben dem Herd auf einen klaffenden Balken langte, ihn abtastete und einen Schlüssel griff –
Sie hatte von diesem Schlüssel gewußt.

***Beim** Zustieg gerät die Frau in einen schizophrenen Zustand. Einerseits achtet sie konzentriert auf jeden Schritt, ist da, in der Bewegung, das Gesichtsfeld schon begrenzt. Andererseits stürzen in dieser Phase die Gedanken wie aufgescheuchte Tiere durcheinander: ziellos, planlos, widersprüchlich, zerfetzt.*

Die ausweglose Monotonie des Ablaufs ist ein geniales Feld für innere Streitgespräche. So will die Frau umkehren. Sie hat Angst. Mit jedem Schritt, den sie vorwärts tut, will sie zurück, und geht dennoch weiter. Es gibt keinen wirklichen Grund, abzubrechen, so wie es keinen zur Fortsetzung gibt. Am Wandfuß angekommen, ist sie so zerrissen, daß sie nur noch den Wunsch hat, loszuklettern, um endlich diese nagenden Zweifel zu betäuben.
Plötzlich queren zwei Gemsen. Sie haben Junge dabei und fliehen erschreckt direkt in den Fels. Der Mann bleibt stehen. Tiere sind ein Grund. Seine Blicke begegnen denen der Frau, ein flüchtiges Lächeln, das niemandem gilt und das sie einander nicht näher bringt.

Nachts wurde sie wach. Sie hatte fest geschlafen. Es war vollkommen still und vollkommen dunkel, und Magda fragte sich, was sie hier wollte. Sie war noch nie in den Bergen gewesen, die Hügel des Erzgebirges zählten nicht. Wenn sie an Urlaub dachte, hatte sie ans Meer gedacht, an Sonne, Martini, und vor allem nicht allein, da war Lynn, die Freundin, mit der sie viel teilte, ihre Freundschaft war verläßlich, wie nur Freundschaften es sind, die in der Kindheit geschlossen werden, die die einsamen Geheimnisse dieser Zeit unverändert durch die Jahre tragen, im tiefen Wissen, daß man einst, sehr viel später, rettend darauf zurückgreifen muß.
Aber Lynn war nicht da, sie war dienstlich unterwegs, sie arbeitete für einen Rundfunksender und hielt irgendwo in Schweden das Mikrofon.
Magdas Augen gewöhnten sich an die Dunkelheit. Sie erkannte Umrisse: einen Ofen, einen Schrank. Sie

tastete sich zur Tür, dann die Wand zurück zum Bett, ein hübsches Zimmer, nur ohne Lichtschalter. Wieso hatte sie von diesem Schlüssel gewußt, fand sich aber hier unterm Dach nicht zurecht? Wieso war sie wach, mitten in der Nacht, mit dem Gefühl, eine Arbeit verrichten zu müssen?

Sie dachte wieder an Lynn. Was sie nicht verstand. Sie war nach Süden gerissen worden und nach oben, Lynn schlief an der Nordsee, und im Augenblick, soweit sich Magda an die Höhenangaben in den einzelnen Serpentinen erinnerte, war das ein vertikaler Unterschied von siebzehnhundert Metern.

Und was sagte ihr das?

Daß sie augenblicklich diesen Raum verlassen mußte, bevor sie noch mehr solchen Unsinn dachte, vielleicht sogar das Haus, etwas stimmte hier nicht, das war nicht nur die Nacht und schon gar nicht die Höhe, das war auch nicht der Obstler oder Müdigkeit. Und vor allem hatte es nichts mit Lynn zu tun.

Aber die Bilder waren hartnäckig. Jene jungen Nächte, in denen zwei kleine Mädchen begannen, die rauhen Leibchen auszuziehen und in angstvoller Erwartung die Rippen abzutasten, wobei sich bestätigte, daß Lynn älter war. Denn bei ihr fanden sich bereits die weichen Spitzen, um die es in der Schule so viel Aufregung gab, und es schien tatsächlich so, als gäbe es für die entzündlichen Augen der Jungs bei den Mädchen nur das Stück Körper zwischen Nabel und Hals.

Lynn war damals sehr nervös gewesen. Öfter als sonst kam sie zu Besuch, mit sinkenden Lidern, so als wollte sie den sich türmenden Schmutz bei sich zuhause bewältigen, indem sie ihn nicht sah. Als Sechsjährige war sie mit ihrem Vater, einem Geiger, hierher in die Stadt gekommen, es war bereits die fünfte Stadt, in die die Engagements des Mannes sie führten. Ihre Sprache schien nirgendwo zuhause, wie auch ihr Gesicht, das von überallher kam, mit schwimmendem Blick, der ein Ufer suchte und keines finden konnte, und es war dieser Blick, dem Magda erlag. - Tut es weh? - Ein bißchen. Vor allem nachts. - Und die Haut wächst einfach so mit? - Vielleicht nicht. Deshalb tut es ja weh. - Und bei dir? - Nichts. - Damals hatte Magda kein Haar auf dem Kopf. Es war ein Defekt, von dem die Ärzte nichts wußten, sie rieten zu einer Perücke, aber Magda hatte Angst. - Dann können ja die Haare, wenn sie doch noch wachsen, gar nicht mehr durch! - Obwohl sie sich der Wandlung im Körper der Freundin nicht entziehen konnte, litt sie andererseits darunter, denn sie war überzeugt, selbst nie Brüste zu bekommen. Dieser Gedanke war nicht auszuhalten, und besonders, wenn sie Lynn berührte, geriet sie in Panik, so als müßte sie weg, sich irgendwohin retten, aber sie ahnte schon, daß sie die Erinnerungen mitnehmen würde. Sie bliebe in den Handtellern, ein unvergleichliches Gefühl von Hitze und Weichheit, und war sie nachts allein, tastete sie verzweifelt ihren Körper ab, um etwas ähnliches zu finden, schob sich kleine Kissen oder ganz besonders leicht gewickelte Wollknäul unters Nachthemd und wartete schwitzend, bis die Mutter eingeschlafen war.

Auch jetzt hielt sie eine ihrer Brüste in der Hand, die linke, sie hatte es nicht bemerkt. Sie saß auf dem Bett, die Knie hochgezogen, winzig in ihrem Shirt, und frierend jetzt auch. Der Schwung ihres Aufbruchs war verlorengegangen, war im Fluß geblieben, sie hingegen war gestrandet. So gern sie wüßte, was mit ihr geschah, weil es ihr helfen würde, die Nacht auszuhalten, so sicher spürte sie, daß es nicht möglich war, nicht sofort, schon zuhause war seit einem Jahr alles unverständlich, alles zerbrach, wich zurück: die Kinder, die berufliche Aufgabe, die keine war, die einst elastischen Glieder hingen täglich schwerer an ihr. Sie war aus ihrer Rolle als Frau gefallen, ihr Blut floß nicht mehr ab, vielleicht hatte sie keins mehr. Wie ein Nadelstich war der Moment gewesen, als sie ihre Sachen in die Tasche stopfte und zwischen den Papieren und Landkarten plötzlich ein Foto fand, das sie nach dem Tod der Mutter, wie so vieles andere, kopflos weggesteckt hatte. Es zeigte die Frau in einer weißen Spitzenbluse, mit hochgestecktem Haar und sehr geradem Hals. Ihr Lächeln war auf die andere Bildhälfte gerichtet, dahin, wo der Mann stehen mußte, dessen Hand man auf der Schulter der Mutter sah, doch mehr sah man nicht, das Bild war in der Mitte sehr akkurat abgeschnitten worden.

Diese Schnittfläche hatte ihr das Frieren bewußt gemacht, ihr desolates Liebesleben, die Ruhelosigkeit. Sie könnte sich jetzt endlos da hineinfallen lassen, doch Selbstmitleid half nicht, wie in Trance hatte sie die Fahrt gewählt nach Ortsnamen, die vertraut geklungen hatten, ohne daß sie sie durch Reiseprospekte kannte. Was so zustande kommt, redete sie sich zu, während sie noch kleiner wurde in ihrem Bett, sie hatte nicht gewußt, daß man so klein werden kann, was so zustande kommt, hat einen Sinn, auch wenn man ihn nicht gleich erkennen kann. Auch die ungeklärte Ohnmacht, die ihr jetzt im Dunkeln regel-

recht Angst machte, versuchte sie zu beschwören, es ist nichts passiert, die Berge sind schön, du bist erwachsen, und sechsundvierzig ist kein Alter - ...
Sie sprang aus dem Bett und tastete sich zur Tür.

Es war Martin, den sie im Gastraum traf - er trank. Er saß rittlings auf einem blanken Holzstuhl, das Gesicht zur Feuerstelle, die Hand im Fell des Hundes. Er hörte Magda nicht. Mit der Rechten hob er in kurzen Abständen sein Glas, ohne dabei die Zigarette aus der Hand zu legen. Er starrte in die Flammen. Der Kessel war nicht mehr da. Obwohl es für eine Herbstnacht recht kalt war, hatte das Feuer den Raum überhitzt. Der Hund hechelte. Er lag dennoch ganz ruhig. Magda brauchte etwas Zeit, um sich an den Rauch und die Wärme zu gewöhnen, und wieder schien es ihr, als täte sie nicht, was sie, Magda, wollte, sondern etwas, das außerhalb von ihr geschah, in einer zweiten Magda, die der ersten sagte: sieh hin, so kann man das Leben auch leben, es gibt unendlich viele Möglichkeiten.
Sie war barfuß. Sie wollte fühlen, wohin sie trat. Sie näherte sich Martin und wundert sich, daß der Hund sich nicht regte. Dabei blieb sie mit ihrem schlingernden Shirt am Hackklotz hängen, aus dem schräg ein Nagel ragte. Magda hakte sich los. Der Anblick des mit vielen eingeschlagenen Nägeln gespickten Hackklotzes fesselte sie - ein rundes, ausgefranstes Gesicht, mit kleinen, glänzenden Sommersprossen ...
„Sind Sie das?"
„Ja."
Er reichte ihr Zigaretten.

„Danke, nein."
„Ich dachte, Sie kennen das."
„Was?"
„Sich verbrauchen. - Alles tun, was schädlich ist und zerstört."
„Geben Sie mir von dem Wein."
Plötzlich hatte sie das Gefühl, dick angezogen neben jemandem zu stehen, dem man die Kleidung gestohlen hatte. Martin beugte sich nieder zu seinem Hund und kraulte ihm die Brust.
„Wohnen Sie hier?"
„Einer wie ich wohnt nirgends. - Ich bin hier aufgewachsen. Jedenfalls die meiste Zeit."
Magda bemerkte, wie der Mann sich bemühte, ernsthaft zu sprechen. Seine Zunge gehorchte. Auch sein Körper war ruhig, nur die Augen verändert, sie hatten sich geweitet, eine Weite voller Fragen.
Sie setzte sich zu ihm. „Es ist schön hier", sagte sie. „Ich liebe Feuer."
„Lieben Sie auch den Teufel?"
„Wollen Sie mich ärgern?"
„Ich ärgere nur mich selbst."
„Mit Erfolg, wie es scheint."
„Warten Sie noch ein Stündchen."
Sie schob ihren Stuhl zurück, das war nicht das richtige, deshalb war sie jetzt nicht heruntergekommen. Er griff ihr Handgelenk, „Bleib", bat er.
„Ich bin von zuhause weg", sagte Magda, und sie fand sich langweilig, indem sie das sagte. „Das ist ziemlich banal ..." Sie trank große Schlucke.
„So ist das nun mal", sagte Martin und empfand ähnlich wie Magda. Sie schauten sich an.

„Wissen sie, was Ihnen fehlt? – Ihnen fehlt - ", er unterbrach sich, er hatte wieder Sie gesagt, „Ihnen fehlt ein Nickerchen auf einem Gebirgspaß, ein Mann, der Sie aufliest und ein Gespräch nach Mitternacht mit einem Verrückten und einem Hund."

Das war befreiend, sie mußte lachen, was geschah hier, was war das für ein Gespräch? Sie lehnte sich nach hinten. Dann senkte sie den Blick. Etwas in Martins Augen erinnerte sie plötzlich an den Tod, einen sehr alten Tod, voller Güte und Geduld.

„Und was fehlt Ihnen ?"

„Dasselbe", sagte er.

In diesem Augenblick berührten sie sich, was ihrer Geschichte eine Richtung gab. Sie spürten das, sie waren nicht mehr jung. Sie waren zwischen den Altern, in jener biegsamen Zeit, in der das Leben ein zweites Erwachen verheißt.

„Was passiert mit den Menschen, wenn sie gestorben sind?"

„Sie kommen wieder. Besonders hierher."

„Woher wissen Sie das?"

„Weil ich mit ihnen spreche."

„Sie s p r e c h e n mit ihnen?"

„Ja, manchmal. Sie sind leider sehr scheu. Sie finden sich nicht mehr zurecht im Gebirge, weil sich alles verändert hat. Die alten, vertrauten Plätze sind verschwunden, die Gletscher schmelzen, und wenn sie sich treffen, fragen sie sich nicht, denn sie erkennen sich nicht mehr."

„Das ist doch eine Geschichte?"

„Natürlich. Was sonst."

„Mögen Sie Geschichten?"

„Nein. Und Sie?"

Der Hund kroch unter dem Tisch hervor. Er tappte zur Tür und blieb mit gesenktem Kopf davor stehen, Martin öffnete ihm.

„Geht er nachts raus?"

„Es ist bereits Morgen. – Trinken Sie noch ein Glas. Das Leben ist ein Spiel. Selbst Verlieren kann schön sein. Wenn man es will."

Sie sah ihm nach, wie er zum Tresen ging, eine Flasche hervorholte, sie achtsam entkorkte. Er war großgewachsen und sehr schlank, und selbst wenn er sich bückte, war sein Rücken gerade.

Er öffnete ein Fenster. Es wurde schon hell. Die Glut des Feuers war zusammengesunken, und der Herbst irritierte, in der Morgendämmerung roch er wie welkes Wasser in einem blühenden Sumpf.

„Was willst du?", fragte Martin. Er setzte sich wieder zu ihr. „Es sind die Männer, die herumziehen und ein Bett suchen, nicht die Frauen."

Auf diese Bemerkung war sie nicht gefaßt. Sie griff nach einer Zigarette. „Urlaub", sagte sie, und sie sah, daß er wußte, wie wenig das stimmte. Sie zog tief den Rauch ein, zu tief, sie mußte husten. „Schlaf mit mir", sagte Martin, „deshalb bist du doch hier."

Er hatte traurig geklungen. Sie wurde nervös. Es war eine Bitte, die sie ängstlich machte, weil Martin nicht schwach wirkte und aussprach, was er wollte, weil er plötzlich zum Mann wurde und das selbstverständlich fand.

„Glauben Sie, man kann wissen, was man sucht?" wich sie aus.

„Ja."

„Und sollte man es wissen? Verstellt dieses Wissen einem nicht den Weg, weil man ganz bestimmte Erwartungen hat?"

„Ich weiß nicht, was du meinst." Er war halb auf der Flucht.

Sie sagte, daß das Leben nur e i n e Möglichkeit hätte, die Erwartung zu erfüllen, aber unendlich viele, wenn man für alles offen wäre.

Martin richtete sich auf. Sein Blick wurde spöttisch. „Stell dir vor, alle dächten so. Dann wären der Paß hier und oben die Gletscher und die Alpen und überhaupt die ganze Welt voller Menschen, die als Rätsel herumliegen und warten, von anderen aufgelesen zu werden. Und alles, was sie sagen können über sich selbst, ist: Ich bin offen, aber ich weiß nicht, wofür."

„Aber du weißt es, ja?" fragte Magda verletzt.

„Ich suche mir eine kuschelige Lawine. Eine von den großen, da geht es schnell. Ein Schneesturm tut's auch. Du legst dich hin und schläfst ein. Ist der schönste Tod ..."

Magda wendete sich ab. Martin faßte ihr Gesicht und drehte es sich zu.

„Weinst du?"

„Nein."

„Warum weinst du?"

„Mein Vater - ..." Sie senkte den Kopf, gegen den Widerstand seiner Hand., „er soll ... in einer Lawine umgekommen sein."

„Dein Vater? Du klingst sächsisch. Wie kommt er in eine Lawine?"

„Ich glaube nicht, daß das stimmt." Sie sprach mehr

zu sich selbst. „Meine Mutter ist immer ausgewichen, es war immer – tabu. ... Ich glaube, daß er noch lebt."
„Du willst das glauben."
„Na klar will ich das. Jeder würde das tun."
„Das bringt dich nicht weiter."
Magda wurde schnippisch. Der Alkohol gab sie preis. „Woher willst du das wissen! Das geht dich nichts an! Du sitzt hier in deiner Hütte, hast alles, was du brauchst, hast wahrscheinlich auch Kinder und eine Frau -!"
„Schon gut –"
„Du erzählst mir, daß du sterben willst. Findest du das toll? Glaubst du, d a s bringt dich weiter?!"
Martin beugte sich zu ihr. Sie hatte sich verraten. Sie hatte zu erkennen gegeben, was ihr fehlte, es hatte wütend geklungen, und er verstand sehr gut, daß sie die Verantwortung dafür abgeben wollte. Er legte ihr das kühle Weinglas an die Schläfe und rollte es auf der nassen, geröteten Haut behutsam bis zum Nasenflügel hinüber. „Wie Löschpapier", sagte er. „Die andere Seite auch?"
Sie blieb haften an dem Glas. Auch an seiner Hand. Dann stand sie auf.
„Gehst du schlafen?" fragte er.
„Ja."
„Woher wußtest du, wo der Schlüssel liegt?"

Sie erreichen das Schneefeld. Es liegt im Schatten. Doch schon bald wird die Sonne die Gipfel im Osten des Gebirgsstockes überstiegen haben und die Südwand so gnadenlos mit Licht bewerfen, daß das helle Grau des Kalksteins mit dem Morgenrot eine kurze, rasende Verbindung eingeht. Die

Sonnenbrille! Sie hat sie vergessen. Sie will es aussprechen, doch sie schiebt es beiseite, ein kleiner Fehler, der nichts besagt und einzeln stehend auch kein Zeichen ist. Das Schneefeld schimmert blaugrau. Es blendet nicht. Es hält eine andere Überraschung bereit: es ist beinhart gefroren und spiegelglatt.

Im Herbst kommt der Mittag rascher als im Sommer. Er wird vom Abend gehetzt und dieser von der Nacht, und die Nacht bereitet die Menschen vor auf die einsamen Wochen, auf eine Landschaft ohne Mittag. Noch verbarg sich die Drohung. Noch tauschten die Wiesen ihre nächtliche Nässe dampfend ein gegen Sonne, färbte das Laub sich nur vereinzelt, läuteten Kuhglocken rings.
Magda stand vor der Tür und mißtraute der Idylle, gerade weil sie sich von ihr eingefangen fühlte. Sie strich mit der Hand über die warmen Lärchenstämme, die der Hütte ihre dicke Haut verliehen. Hier wuchs die Schönheit mit dem Alter. Die Sicherheit schien ewig. Das Moos in den Fugen trieb noch winzige Blüten, und Dohlen hüpften keck vom Dach herab zu ihr.
Martin war nicht zu sehen. Auch der Jeep stand nicht da. Ein Mann in einer Kniebundlederhose wischte in Kellnermanier die Tische vor der Hütte ab und breitete Sitzkissen auf die Bänke.
Sie hatten nichts besprochen. Sie wußte nicht, wer Martin war. Sie wollte etwas für die Übernachtung bezahlen, mochte aber den Kellner nicht danach fragen.
Der brachte ihr Frühstück. „In der Sonne oder drin?"
„Hier", sagte Magda überrascht. Er hatte sächsisch

gesprochen.
„Ist in Ordnung. Vom Chef."
Sie sah auf die frischen Brötchen im Körbchen, den Kaffee, den Schinken, den Käse, sie beschloß, erst einmal zu genießen, es war ewig her, daß ihr ein Frühstück serviert worden war.
Hierher also hatte es sie geführt. Magda schloß die Augen und öffnete sie wieder, sie mußte zweimal hinsehen, um zu glauben, wo sie war. Vor ihr floß die Wiese zum Waldrand hinunter, das Tal lag im Nebel, doch gegenüber, weit, erhoben sich Bergketten, staffelten sich in die Tiefe, die hintersten stießen an einen blassen Horizont.
Der Kellner brachte ein zweites Frühstückstablett. Keine Brötchen, nur Joghurt in einer Schale, eine Thermosflasche und Preiselbeerkompott. Er stellte das Tablett neben der zweiten Tür ab, auf ein eigens am Fensterbrett angebrachtes Board.
Er sei eigentlich Jäger. Er helfe nur ein bißchen aus. Er sei gleich nach der Grenzöffnung hierher gekommen, von heute auf morgen, er hätte immer gewußt, daß er in die Alpen wollte, endlich raus und hinauf, die Luft, die Berge, wenn sie was erleben wolle, würde er sie gern zu einer Jagd mitnehmen, er hätte noch keinen Job, keinen richtigen, klar, man dürfe natürlich nicht zuviel erwarten – ein deutscher Flachlandjäger, da wär' man vorsichtig hier.
„Gibt's da Unterschiede?" fragte Magda höflich.
„Eigentlich nicht. Man muß treffen. Das ist alles." Er schieße nun mal für sein Leben gern.
„Ich wollte mit dem Bus hoch zur Seilbahnstation", lenkte Magda ab. „Da ist ein Hotel."

„Ein Stück weiter oben. Die Hütte hier gehört dazu."
Sie hätte ihm so gern von dem Bach erzählt, von der überwältigend neuen Erfahrung, sich einfach dem Fließen anzuvertrauen. Stattdessen fragte sie: „Woher kommen Sie?"
Sie haßte sich dafür. Es machte ihr Frühstück kaputt. Es war genau das, was sie jetzt nicht brauchte, ein Stück Lebensgeschichte, ehrlich und unbedacht, Mitteilungen, die blind den gewohnten Mustern folgten, je genauer sie wurden, um so mehr drängten sie Magda in die Unverbindlichkeit.
Wie anders mit Martin! Das wurde ihr jetzt bewußt. Nicht diese Offenheit, die zwar Sicherheit gibt, weil der Eindruck eines lauteren Charakters entsteht, aber wie jede Sicherheit auch begrenzt. Sie hatten sich bewegt auf dem schmalen Grat zwischen Phantasie und Wahrheit, ein provozierender Tanz um die wirklichen Fragen, ein Spiel, nicht greifbar, nicht rational zu fassen, jeder Satz hatte auch sein Gegenteil mit zum Ausdruck gebracht. Magda wußte nicht mehr, wer sie war, sie saß da, trank im Morgenlicht Kaffee auf einer Bilderbuchalm, fremde Farben und Formen griffen nach ihr, und jede Faser ihres Wesens war in Frage gestellt.
Plötzlich fühlte sie sich schlapp. Sie konnte gar nichts mehr tun. Nichts war wirklicher gewesen als diese Nacht. Dazu der Schlüssel ... die Hütte ... die Landschaft ... ihr Blackout – was in ihr wußte mehr als sie?

***Mit** skeptischem Blick tritt die Frau auf das Eis, sofort rutscht sie ab, sie hat es befürchtet. Sie beugt sich vornüber, um mit den Fingerspitzen etwas Halt zu finden, verstärkt den*

Druck auf den Fuß, vielleicht ginge es so, doch es ist ihr zu heikel.

Der Mann steht neben ihr. Er schaut ihr zu. Sie spürt es, obwohl sie nicht zu ihm sieht und sich einredet, ganz allein zu sein. Nur sie zählt jetzt, nur ihre Sicherheit, nur sie wird entscheiden, wie sie hinaufkommt jetzt. Es war kalt die letzten Nächte, es war neblig gestern, und davor hat zwei Wochen die Sonne gebrannt. Wenigstens der Fels würde trocken sein.

Sie setzt den Rucksack ab. Sie mag Eis nicht. Sie fragt sich, ob sie nicht zu vieles nicht mag für eine solche Unternehmung, und ob sie nicht diese inneren Widerstände bremsen. Vielleicht ist das ein Fehler. Vielleicht ist es das, was der Mann bemerkt und im Stillen kritisiert?

Sie nimmt die Steigeisen heraus. Sie liegen gleich obenauf. Die brauchst du nicht, sagt er, und sie hält kurz ein, immer noch ohne ihn anzuschauen. Das ist meine Sache, denkt sie, das geht ihn nichts an, der Mann sagt, da sind Tritte, und wenn schon, sagt sie.

Sie hat sie nicht gesehen, wie Stufen, vereist, eine festgetretene Spur mit kleinen Schrittabständen, von allen benutzt, die vor ihnen hier gewesen waren.

Versuch es wenigstens, sagt jene Stimme in ihr, die schon die ganze Zeit mit ihr streitet, wenn du zu ängstlich bist, geht verloren, was du kannst. - Weiß ich. - Na also. — Was ist jetzt? fragt der Mann.

Er hat ruhig gefragt, doch sie empfindet Druck, und ihr Unmut darüber, daß sie so empfindet, daß sie nicht souverän und selbstbezogen entscheidet, ohne sich von ihm beeinflussen zu lassen, bringt sie zusätzlich durcheinander. Das wird nie was! sagt sie sich, diese Seilschaft funktioniert nicht, ich muß verrückt gewesen sein, mich darauf einzulassen.

Ihr Trotz ist stärker als die Unsicherheit. Also gut, dann ohne.

Resolut und gleichzeitig mit dem Feingefühl, das nötig ist, tritt sie in die Spuren, gewinnt schnell an Höhe, Kälte greift nach ihr. Sie sieht nicht hinauf und schon gar nicht abwärts, nur durch jetzt, es geht, der Körper hat bereits einen Pakt mit dem Untergrund geschlossen.
Unerwartet ein Steinschlaggeräusch. Die Gemsen! Mit einem Ruck schaut sie nach oben – und rutscht sofort ab.

Endlich erreichte sie das Hotel. Sie setzte die Tasche ab und schüttelte die Arme, die rechte Schulter war vom Tragen verspannt. Sie war über die Alm heraufgegangen, es schien nicht weit, von unten gesehen ragte der Bau wie ein rechteckiger Kasten störend in die Landschaft, weiß, mit braunem Dach. Er lenkte ab vom Blick auf die Südwände dahinter, doch je näher sie kam, umso freundlicher wurde das Bild.

Es war elf Uhr vormittags, sie fand keine Rezeption. Magda ging ins Restaurant, große Panoramafenster gaben den Blick bis ins Tal hinunter frei. Sie trat hinaus auf die Terrasse. Die Hütte unten war jetzt klein. Sie schien von hier aus nur aus Dach zu bestehen, seine Neigung war dem Hang derart angepaßt, daß Lawinen darüber hinweggleiten könnten. Einen Augenblick blieb Magda versunken stehen, etwas in ihr versuchte sich zu erinnern. Dieser Zustand glich dem gestrigen am Straßenrand, er ließ sich weder vertiefen noch wirklich beenden.

Sie ging ums Haus herum, zurück zur Eingangsseite, gegenüber lag ein kleines, neu gebautes Haus, der Tradition der Gegend angepaßt. Die Tür stand offen, Magda trat hinein, in einen dunklen Vorraum mit

Sitzecke und Kommode, der Boden war mit buntgewebten Läufern bedeckt.

„Hallo?"

Der Hund schlug irgendwo an.

Magda sah sich um, die Holzwände rings hingen voller schlecht gerahmter Fotografien. Unzählige Menschen, die sich entweder klein und meist leuchtend gekleidet in große Felswände krallten, oder Bergsteiger im Schnee, vermummt und unkenntlich, die Anoracks aufgebläht von scharfem Wind. Einzig sichtbar waren ihre weißen Zähne in erschöpften, schwierig lachenden Mündern. Die Umarmungen aber schienen für die Ewigkeit, wie der Himmel und die weiß zerklüftete Weite rings.

Die Fotos waren alle Martin gewidmet, sie stammten aus allen Gebirgen der Welt. Sie zogen Magda an, weil sie sie nicht verstand, sie konnte sich nicht vorstellen, daß sich freiwillig jemand in eine solche Situation begab. Wie mit Saugnäpfen hing ein Mann in einem Überhang, ohne Seil, seine Muskeln wie fürs Lehrbuch definiert. Nur daß es eben keine Saugnäpfe waren, sondern Finger, weiß bestäubt, in winzigen Löchern, und hunderte Meter unter ihm gleißend die Stadt.

Magda trat hinaus und setzte sich auf eine Bank, die neben einem Holzstapel unterm Vordach stand. Sie hätte die Eindrücke gern sortiert, war aber müde von der durchwachten Nacht. Die Kuhglocken nahe. Entfernt ein Wasserfall, und später ein Hubschrauber überm Gipfelgrat.

Plötzlich flog der Schäferhund aus dem Fenster. Ihm folgte Martin, der wegen seiner Größe etwas mühsamer aus der kleinen Öffnung stieg. Er sah Magda und lachte. „Ich bin total ausgebucht. Ich hab drei Bergführer in mein Schlafzimmer gesteckt, jetzt kann ich nicht ins Wohnzimmer und muß fensterln bei mir selbst."

„Wie unromantisch."

Sie standen voreinander, der Hund schoß übern Platz, Magda war befangen, Martin wirkte distanziert.

„Ich wollte auch ein Zimmer."

„Du hast Glück", sagte er. „Ein Einzelzimmer ist seit heute frei."

Er ging vor Magda her, es waren nur ein paar Meter, doch diesmal war ihr Schweigen nicht so gut. Als Magda in dem Zimmer stand, überfiel sie Verzweiflung, die Möbel weiß, Gardinen und Bettwäsche rosa, es sah aus wie der Raum für ein junges Mädchen, eine Tochter, die man selten und deshalb liebevoll empfängt.

Sie schießt bäuchlings über das blanke Eis. Sie schreit. Gleichzeitig gibt sie sich Befehle, noch bevor die des Mannes sie erreichen: So liegen bleiben! Arme und Beine strecken! Es darf dich nicht drehen, nicht den Kopf nach unten, nicht abwärts schauen, dann dreht es dich! Sie weiß, daß der Mann wenig tun kann für sie, daß unten Felsblöcke lauern, böse Inseln im Geröll. Ihre Panik wächst mit zunehmender Geschwindigkeit. Sie drückt die Arme auf das Eis, die Fingerspitzen werden Krallen, stumpfe Krallen, was im lockeren Firn hilft, kann ihr hier die Haut abreißen, und jetzt dreht es sie doch. Im selben Moment schlägt sie mit der Schulter an die Beine des Mannes, der ihr entgegengesprungen ist, der sich eingepflockt hat in den glasigen Grund und den sie trotzdem herausreißt aus seinem Stand.

Sie landen hart im Schutt. Die Frau bleibt benommen liegen. Der Mann hat ihre Fahrt wesentlich gebremst, obwohl ihr Körper wie ein großes Geschoß den seinen hätte schwer verletzen können. Ihre Fingerkuppen brennen. Als wären sie abgefräst. Die dünnen Ärmel konnten die Ellenbogen nicht schützen, sie bluten, doch die Knochen sind unverletzt.
Kein Wort fällt. Sie schlottert jetzt unter dem Schock. Der Mann betastet ihre Hände, die Gelenke, dann die Unterarme, er ist besorgt. Plötzlich fällt ihr auf, daß er unten gewartet hat, obwohl er bisher straff vorausgegangen ist.
„Kannst du weiter?"
„Ja."
„Ich bin ein Depp."
Da bricht sich ihr ganzer Schreck plötzlich Bahn: „Du bist unmöglich! Ich kann mit dir nicht gehen! Es ist keine Harmonie da, ich kriege kein Vertrauen!"
Solche Sätze bedeuten das Ende einer Seilschaft, der Mann schaut erschrocken und zieht den Kopf etwas ein.
„Statt zu sagen, es geht ohne, hättest du sogar darauf bestehen müssen, daß ich Steigeisen nehme! D u führst mich doch!"
Er schweigt betroffen.
„Ich verstehe dich nicht. Was machst du mit mir? Du gehörst zu den besten, du mußt das doch wissen."
Er nimmt das Verbandszeug und verbindet ihre Arme, er weiß, daß sie aufgeladen ist durch die Angst, die sie eben durchbohrt hat, er weiß auch, sie hat recht. Er zündet sich eine Zigarette an und schaut stumm in die Wand, die sich fast tausend Meter über ihnen aufbäumt und rechts und links, wie ein vor langer Zeit erstarrter Bühnenvorhang, abweisend kilometerbreit herabhängt vom Himmel.
Als er aufstehen und den Abstieg beginnen will, sieht er die Frau, die sich langsam und gleichmäßig, diesmal mit Steigeisen,

wieder aufwärts bewegt.

Zögernd näherte sich Magda der Hütte, geduscht, frisch gekleidet, auf besondere Weise wach. Das struppige Almgras fletschte um die Fußgelenke, warmer Wind trieb vom Tal den Duft von Holz und Rauch herauf. Sie war nie hiergewesen. Sie wußte das genau. Und doch fühlte sie wieder diese tiefe Vertrautheit mit der Landschaft, dem Geruch, den Stimmen Österreichs. So wie der Bach zuhause, der vor langer Zeit mit fahlweißen Schaumkronen und bizarrem Gestank träge vorbeigeglitten war, so schien sie das Land an etwas zu erinnern, das weiter zurücklag, als die Gedanken greifen konnten, eine Kindheit vor der Kindheit, im Unbewußten ertränkt.

Ein alter Mann trat aus der Hütte, aus jener zweiten Tür, neben der der Jäger das Frühstück abgestellt hatte. Er stützte sich auf einen Stock. Das Gehen fiel ihm schwer. Magda sah sein Gesicht nicht, ein schwarzer Hut mit einer breiten Krempe verdeckte es, sie blieb stehen, er ging an einen einzelnen Tisch, legte sorgsam mehrere kleine Pinsel auf ein Tuch, das voller Farbflecke war, dazu eine Holzpalette. In der betonten Langsamkeit seiner Bewegungen lag jene Würde tief verwurzelter Kraft, die um so stärker strahlt, je näher sie dem Versiegen kommt.

Es bog Magda zu ihm. Sie wußte nicht, warum. Es war ein Impuls, ein unausgeformtes, spontanes Verlangen, dem sie nachgeben mußte. Sie setzte sich auf eine Bank. Zwei Meter neben ihn. Sie legte den Kopf zurück, so als sonnte sie sich, die Wimpern fielen wie ein Vorhang, der das Publikum täuscht, es sieht nicht, daß die Augen dahinter noch sehen.

Der Jäger kam. Er gab dem Alten Farbtuben. Bei ihm war ein Kind. „Malst du wieder?" fragte es.

Der Alte schüttelte den Kopf.

„Wozu sind dann die Pinsel?"

„Sie müssen trocknen."

„Ist das Blau hier neu?"

„Ja."

„Ist es weich?"

Der Alte drückte etwas Farbe auf die Palette, das Kind stupste den Finger in den glänzenden Brei.

„Stell dir vor, es heißt Lichtblau. Ein schöner Name, nicht?"

„Wo sind deine Bilder?"

„Ich male keine Bilder."

„Wozu sind dann die Farben?"

„Ja, wozu?"

Magda hoffte, daß der Jäger sie nicht wiedererkennen, daß er sie jetzt nicht ansprechen und stören würde. Der Schlüssel! Er war für eine ganz bestimmte Tür. Im Innern der Hütte, von der Gaststube aus, die früher Wohnraum und Küche gewesen war, ging eine Tür zur Milchkammer – woher kannte sie das Wort? – hatte sie je von einer Milchkammer gehört?

Sie riß die Augen auf. Begegnete denen des Alten. Er stand vor ihr, auf den Stock gestützt, dunkel, groß, sein Gesicht rotbraun, gleichmäßig gebeizt von zu vielen Wettern oder zuviel Alkohol oder auch beidem. Das Alter sprach nicht aus der gegerbten Haut, es sprach aus den Augen, die wohl einmal sehr dunkel gewesen sein mußten, auf denen aber jetzt eine hauchdünne, hellgraue Folie lag.

„Du mußt dir andere Schuhe besorgen", sagte er, „wenn du wandern willst. Du willst doch wandern?"
„Ja -"
„Gut." Er nikte zufrieden und ging, schwer auf den Stock gestützt, an ihr vorbei. „Wie heißt du?"
„Magdalena."
„Die Hure ..."
„Wie bitte?"
„Die Büßerin." Er war schon an seiner Tür. „Also andere Schuhe. - Und vor allem paß auf, mit wem du die ersten Touren machst."

Sie ging allein. Der Jäger hatte ihr einen Steig beschrieben hinunter in den Ort, wo sie Schuhe, Jacke, Rucksack, Hose und eine Wanderkarte kaufen konnte. Am Hang eine Hütte. Überall standen Hütten. Die ganze Gegend war gleichsam vernetzt, auch unter der Südwand stand solch ein Haus, grau, kaum sichtbar vorm grauen Fels und in einer Höhe, in die man nur noch zu Fuß gelangen konnte.
Magda ging sehr leicht. Der Weg war zwar steinig, aber nicht allzu steil, immer wieder blieb sie stehen und bestaunte die hohen, vom Wind in bizarre Form gedrängten Lärchen. Ein Bach. Eine Holzbrücke. Magda setzte sich darauf, ließ die Füße baumeln und verlor sich mit dem Blick in dem klaren, silbrig wirbelnden Wasser.
Bilder blinkten auf. Wieder Lynn und sie. Sie hingen kopfüber an einem Ast überm Bach, kleine nackte Kniekehlen umklammerten das rauhe Holz. - Mich bringt er in die Berge! - Wasser fließt nur bergab. - Es schneidet sie in der Mitte entzwei und gräbt sich eine Mulde für einen See. Der leuchtet grün. Er strahlt Wärme

ab. Er fängt die Sonne auf und verteilt sie an die Häuser, und es gibt keinen Tod, denn an den Ufern des Sees ist so wenig Platz, daß die Menschen, wenn sie sterben, auferstehen dürfen, die Gräber reichen nicht. - Lynn richtete sich auf: Du mit deinen Märchen. - Aber wenn es doch wahr ist! Mutter lügt nicht, niemals! Es gibt diesen Ort! - Und wo soll der sein? -

Langsam jetzt Magdas Schritt. Sie schaute sich nicht mehr um. Die äußere Landschaft führte sie behutsam an die innere heran, in jenen kleinen Schritten, die man als solche nicht erkennt.

Klaus-Peter ... Das lähmende Warten auf ihn. Das Versprechen, das sie den Kindern gegeben hatte, wir finden einen andern Vater, sie hatte es nicht gehalten. Sie war damals vierundzwanzig. Von Alpträumen geplagt. Sie träumte, daß Klaus-Peter nicht mehr mit ihr sprach. Sie lebte in einem Brunnen, sie fragte ihn jeden Tag nach dem Datum, woraufhin er schwieg. Sie hatte zu essen. Ihr Kleid war schön. Sie hörte Gespräche, die von oben zu ihr drangen - aber der Tag, der Monat, das Jahr! Sobald sich Klaus-Peter über den Brunnenrand beugte, flehte sie und bettelte, bis sie eines Tages sah, daß er gar nicht mehr sprechen konnte. Eine eiserne Klammer hielt die Kiefer zusammen, von der Mitte des Kinns bis ins rechte Nasenloch. Es tut nicht weh, deutete er ihr an, indem er heiter und ermutigend blinzelte. Aber sie wollte das Datum wissen, möglichst genau, vielleicht war sie schon alt. Sie wollte wissen, wieviel Jahre ihr noch blieben, sie wollte sie nutzen, diese kostbare Zeit. Statt der Antwort senkte sich eine zweite Eisenklammer über den Brunnen, von Rand zu Rand. Sie griff ins Gemäuer und zog sich zusammen, es knirschte, es rieselte, es stürzte ein, sie schrie –

Tief aufatmend, daß es diesen Traum nicht mehr gäbe, griff Magda jetzt nach der Kamera. Im Waldboden ein Baumstumpf, frisch abgesägt, die Schnittfläche schimmerte in dunklem Gelb. Der Autofocus surrte die Jahresringe scharf. Woher ich komme, dachte sie, wohin ich gehe ...

Magda schraubte die Nahlinse vors Objektiv, die Faserung des Holzes interessierte sie. Sie entdeckte noch mehr, krause Flechten in der Rinde, mintgrün, trocken, sie kroch dicht heran, der Abstand, den sie brauchte, betrug nur wenige Zentimeter.

Nie hatte das Schweigen zwischen ihnen aufgehört. Nie war Klaus-Peter wirklich nähergekommen.

Magda wechselte die Seite, versuchte es gegen das Licht. Sie sah nicht wirklich, was sie aufnahm, es war eher ein Reflex, immer wieder auszulösen, die Positionen ständig wechselnd, auch den Bildausschnitt. Nach dem Baumstumpf nun den Wald, die helle Biegung des Weges, eine lehnenlose Bank, von Blumen überwuchert, tief und eben lag sie wie ein Bett darin. Magda wandte sich den Bergen zu, sie waren zu blaß. Auch die Hütte schien aus diesem Winkel kein Motiv. Sie war so versunken in ihr Tun, daß sie Martin nicht hörte, der hinter sie getreten war.

„Du meinst es ernst."

„Was dachtest du."

„Es gefällt dir hier."

Sie bemerkte seinen Ton. „Ist das ein Grund zu spotten?"

„Jeder, der hierherkommt, sagt, er liebt die Berge. Ich höre das seit Jahrzehnten. Es ist langweilig."

Enttäuscht zog Magda sich ein wenig zurück. Sie sah jetzt auch ihn in einer Nahaufnahme, die ihr deutlich sagte, daß sie gehen müßte, daß Martin einer von jenen Männern war, die wehtun, ohne bewußt zu verletzen, die nehmen, doch nicht halten, und die man verliert, wenn sie bemerken, daß man sie erkennt.

Sie wußte nicht, daß es ihm ähnlich ging. Daß er vor ihr stand, einerseits froh, sie zu treffen, er hatte sie den ganzen Nachmittag gesucht, und andererseits unerklärlich aufgekratzt, weil er nicht verhindern konnte, sie zu provozieren.

„Also gut: komm mit."

„Wohin?"

„Kommst du?"

Er wartete ihre Entscheidung nicht ab, er verließ den Weg und wandte sich nach links, eine hohe, sehr bucklige Böschung hinauf. Er zog sie mit sich wie Beute. Er pirschte durch den Wald, sie folgte ihm, als ginge sie an einem straffen Seil. Sie wollte jetzt das Seil. Er ging nur zu schnell. Er zerrte sie über klirrendes Geröll, eine sonnige, steile Schneiße hinauf. Ich will! dachte Magda. Ihre Oberschenkel schmerzten. Sie war derart schnelles Steigen nicht gewöhnt, es riß an den Lungen, das Herz stieß wild und warnend gegen die enge Brustwand.

Oberhalb eines bemoosten Sattels wurde eine verwitterte Hütte sichtbar, nicht viel größer als ein Stadel, schwarzgrau und schief. Die Geröllawine hatte sie aus ihrem Grund gelöst, ihr Dach stürzte steil vornüber, in den Stämmen klafften Risse.

„Kannst du fotografieren?" Es klang wie ein Befehl. Magda machte ein paar Aufnahmen, ohne die nötige

Ruhe, nervös und finster sah Martin ihr zu. Die Tür hing lose, er trat hindurch, dann blieb er stehen, wie von fremder Macht gebremst. „Auch hier drin?"
„Ich habe kein Blitzlicht dabei."
Es roch nach Stroh. Auch nach nassem Holz. Es war dunkel, und Magda brauchte eine Weile, bevor sie etwas erkennen konnte. Ein steinerner Ofen. Darüber ein Dach. Magda griff hinauf und hielt Erde in der Hand. „Das hält die Funken ab", sagte Martin, und seine Stimme klang brüchig, als würde soeben eine Unmenge Rauch seine Stimmbänder reizen.
Unterm Fenster eine Holzbank mit durchgebrochenen Latten, davor ein großer, stark verzogener Tisch. Über lose Bretter und teils lehmigen Grund gelangten sie zu einer steilen Stiege, an der noch verschiedene Heugabeln hingen. Oben ein Schlafboden. Auf der Bettstatt Stroh. Es war nicht als Unterlage gedacht, es sah eher so aus, als hätte es jemand irgendwann zum Trocknen hier ausgebreitet.
Magda brach durch ein Dielenbrett. Martin griff ihre Hand. Er hatte so abwesend gewirkt, daß die Geste unverhofft kam, er hatte Magda ausgesperrt, sie war nicht hier, im Unterschied zur ersten Nacht hatte er sie bei sich, um sich entfernen zu können, er wußte das nicht, deshalb war er überrascht, eine schmale, warme Hand in der seinen zu fühlen.
Neben dem Bett eine Kommode. Er zog die Schublade auf. Sie klemmte, er riß sie heraus und flog durch den eigenen Schwung nach hinten, dicht an Magda heran, deren Hände im Reflex auf seine Schultern gerieten. Dort klebten sie fest. Er drehte sich um. Er umklammerte Magda, doch sie brauchte noch Zeit, sie

mußte Martins Gesicht erst sehen.
Der Raum wie im Tiefschlaf. Dunkel, schemenhaft.
„Vielleicht bist du wichtig", sagte sie vor sich hin.
Was er sagte, hörte sie nicht, es strich an ihr vorbei, sie konnte es nicht halten ohne sein Gesicht. Sie brauchte seine Augen, die sich der Stimme mitteilten, und die Stimme dem Körper, in dieser Reihenfolge. So aber gerieten die Dinge durcheinander, die Stimme stand einzeln, von Beinen durchkreuzt, von Händen zergriffen, orientierungslos sah Magda sich von Martins Nähe gefangen und hielt sekundenlang in Panik ganz still.
Martin stieß sie auf das Stroh. Er begehrte nicht sie, er begehrte e t w a s , sie sah jetzt seine Augen, der Ausdruck darin erinnerte sie an flüchtendes, verwundetes Wild. Wieder spürte sie, daß er etwas wußte, was sie nicht kannte, eine andere Dimension, eine Verletzung vielleicht von so ungeheurem Ausmaß, daß jeglicher Maßstab daran zerbrach. Er riß seine Hose auf. Rang sich zwischen ihre Beine. Es war ein Kampf, der sich abspielte in ihm, und er galt nicht ihr, er galt einem Erlebnis oder vielleicht auch einer Person, die stärker war als er, so daß er sie besiegen mußte.
Dazu war ihr Körper nicht gedacht! Das hatte sie zu lange kennengelernt, an dieser Stelle war sie ausgelaugt. Sie riß sich los. Entschlossen. Voller Kraft. Ihre Widerstandslosigkeit schlug um in Wut, sie stürzte die Stiege hinunter, egal, ob sie hielte, sollte doch die ganze Hütte einstürzen!
Ihre Wut galt Klaus-Peter. Seine verzweifelten Orgasmen waren nichts als der Versuch gewesen, der Lebenslüge zu entkommen, die er irgendwann gewählt

hatte, bis Magda ihm mit letzter Kraft den Körper entziehen konnte, um der erschöpften Seele zurückzugeben, was der Mann all die Jahre aufgebraucht hatte.

Draußen Regen. Sie hatten es nicht gemerkt. Er fiel nicht, er rann vom Himmel herab, langsam und leise benetzte er das Gras, die Steine, die rotbraunen Erdmulden rings.

Sie begann zu laufen. Das ging nicht sehr gut. Obwohl sie mit den neuen Bergschuhen nicht rutschte, stocherten ihre Füße unsicher und verkrampft in dem buckligen, steil abfallenden Hang herum, den unzählige Kuhhufe durchlöchert hatten.

„Magdalena!"

Nur weg hier. Ich weiß, was das ist.

„Magdalena, b i t t e !"

In verblüffendem Tempo, wie ein Hase im Zickzack, sprang Martin bergab und holte Magda ein. „Es tut mir leid, entschuldige, ich wollte das nicht."

„Du tust mir nicht gut."

Fast flehend jetzt: „Bitte!"

„Du tust nicht mal dir selbst gut."

„Ich weiß", sagte er.

Magda blieb stehen. Diese Stimme ... so leise, so spröde, wie aus entzündetem, zu engem Hals, und darunter kein Körper, der ihr Tiefe verlieh. Wer war er? Ein Spieler, der kühl und bewußt die verschiedenen Farben setzte, oder selbst nur Spielzeug, in Regeln gefangen, die er nicht überschaute?

Er zog seine Jacke aus. Legte sie ihr über die Schulter. „Danke." – Er sagte: „Komisch, mir ist schlecht." Er lehnte sich an einen mannshohen Felsblock, mit fahlem Gesicht, sein Atem ging kurz und scharf.

„Hat das etwas mit uns zu tun? Wegen - vorhin?" Sie wußte selbst, daß es nicht stimmte.

„Nein ... nein ..."

„Warum hast du mich mit in die Hütte genommen? Was wolltest du dort?"

„Sie dir zeigen ... mehr nicht."

Er richtete sich auf, ließ aber den Körper über dem Bauch zusammengezogen und sah Magda an, als wäre er gerade aus einer Reihe von Alpträumen erwacht.

„Weißt du, was es heißt, diese Landschaft hier zu lieben?"

„Vielleicht nicht."

„Es heißt, bereit zu sein, die letzte, äußerste Verbindung mit ihr einzugehen."

„Das klingt nach Tod."

„Das ist auch Tod."

„Warum sagst du das jetzt?"

Er antwortete nicht. Er ging langsam weiter, nicht nach unten, sondern aufwärts, der Regen ließ nach. Er war einer Wolkenschicht entfallen, die makellos blauen Himmel nach sich zog.

Sie kletterten seitlich über die Geröllrinne hinaus. „Du fotografierst gut", sagte Martin, „tust du das oft?"

Die Leichtigkeit dieser Mitteilung trog, Magda sah, wie er sich mit unruhigen Händen eine Zigarette anzündete. Sie spürte, daß er keine Antwort von ihr brauchte, daß er selbst reden wollte, aber etwas in ihm setzte diesen Drang in Bewegung um.

Loser Schotter jetzt, dampfend. Dann satte Latschenkiefern, in einzelnen Zungen streckten sie sich herauf, das Summen der Insekten mischte sich mit dem

Geräusch fließenden Wassers, ganz in der Nähe. Vor ihnen die Südwand, im Nachmittagslicht, kontrastreich durch die Schatten und erkennbar zerrissen. War der Tod hier zuhause? Stürzte er von Zeit zu Zeit in die Gemüter derer, die zu seinen Füßen lebten, um sie zu erinnern, daß das Dasein flüchtig ist?

Er will sie zurückhalten. Er will sie anseilen jetzt. Doch die Frau hat den Klettergurt noch nicht angelegt, an dem er das Seil befestigen muß. Ich habe das nicht gewollt. Er geht ihr jetzt nach. Er kann es ohne Steigeisen, er lebt seit fünfzig Jahren hier, Jahre, die aus seinen Füßen und Händen und dem ganzen Körper ein Medium gemacht haben, das auf rätselhafte Weise mit dem Untergrund verschmilzt. Ich wollte das nicht. Schritt für Schritt der gleiche Satz, hämmernd, monoton, die Anspannung wächst. Es kann wieder Steinschlag geben, die Sonne ist im Sommer auch morgens schon warm, im oberen Teil der Wand wird sie die Steine losschmelzen, die der Nachtfrost vom Fels abgesprengt, aber zunächst noch festgehalten hat.
Die Frau geht ganz ruhig. Ganz gleichmäßig. Sie fühlt sich jetzt sicher, sie fühlt sich auch befreit, und staunend stellt sie fest, daß der innere Streit jenem Schweigen weicht, in dem alles stimmt, in dem es weder Kampf noch Zweifel gibt, so daß sich alle notwendigen Energien sammeln und auf das Ziel ausrichten können. Leise Freude kommt auf, auch Erregung, und die Frage, ob es gutgehen kann, wird zumindest vertagt. Sie spürt die Höhe. Etwas an der Luft ist hier bereits anders als unten an der Hütte, durch die Kälte des Eises, die Thermik nahe der Wand. Die Unterarme brennen noch, aber in die Finger ist das Gefühl komplett zurückgekehrt, sie liegen warm in den Handschuhen, bereit, sich gleich – endlich! – an den rauhen, trockenen und verheißungsvoll griffigem Fels zu klammern.

Sie erreichten den Bach. Helle Kalksteinplatten glitzerten in der Sonne, blankgeschliffen und flach. An einer Senke zog Martin Schuhe und Pullover aus, stieg ins Wasser, das ihn sofort hüfttief erfaßte, und ließ sich lautlos nach hinten fallen.

Er wäscht alles ab, dachte Magda fasziniert, er gibt alles Schwere an die Erde zurück. Plötzlich sah sie ihre eigene Vision vor Tagen, als der Bach zuhause sie mitgenommen und hierhergeführt hatte, in einem kühnen Verlauf. Aber wohin? In eine Landschaft? Zu Menschen? In die Nähe dessen, was sie vage erhoffte auf Grund einiger blasser Familienfotografien?

Er hat recht, ich bin offen, und ich weiß nicht, wofür.

Sie zog Schuhe und Strümpfe aus, wie automatisiert. Sie war in eine fremde Welt geraten, bevor sie noch die eigene zu sehen vermochte. Es glich einem Schweben, ohne klares Gefühl, sie konnte jedem folgen, der ihr hier begegnete und jeden meiden, es schien völlig egal. Keines von beidem brachte sie wirklich weiter, gleichmäßig drehte sie sich im Kreis. Und doch war etwas geschehen seit gestern, als hätte ein größeres Bewußtsein als ihres beschlossen, und sei es zum letzten Mal, den natürlichen Reizen des Lebens zu vertrauen und Magda zu verzaubern, mit androgynem Charme.

Martin sprang in die Sonne, die Böschung hinauf. Hatte sie sein Gesicht noch immer nicht gesehen, nicht so, daß es Raum ergriffen hätte in ihr, so sah sie jetzt seinen Körper, gegen das Licht gestellt, mit ausgebreiteten Armen und bronzefarbener Haut, die sie plötzlich an den Alten in der Hütte denken ließ.

Sein Vater! - Das muß sein Vater sein -

Magda hätte nicht genau zu sagen gewußt, warum, es war eher eine Ahnung als Beobachtung. Sie entsprang der verborgenen animalischen Kraft, die die beiden ausstrahlten, einer Kraft, die sich immer wieder aus sich selbst heraus erneuerte und, gehärtet durch Einsamkeit, wie ein Magnet auf andere wirkte. Ein aussterbendes Muster. Ein Menschenschlag, der in den Städten verloren gegangen war.

Daher also kam er. Von diesem alten Mann, der mit Kindern sprach, ohne etwas zu sagen und sich dennoch, kurz und exakt belichtet, zu erkennen gegeben hatte: ... Achten Sie darauf, mit wem Sie die ersten Touren machen ...

Hatte er damit Martin gemeint? Würde ein Vater warnen vor dem eigenen Sohn?

Ein wenig kam Magda jetzt durcheinander, Gefühle verhedderten sich in den Schlingen des Gehirns. Magda wußte nicht, wie Väter sich verhielten, der einzige, den sie vorübergehend hatte beobachten können, war Lynns Vater gewesen. Aber wen immer der Alte auch gemeint haben mochte, allein die Tatsache, daß da jemand war, der Martin gut kannte, der älter war und den Reichtum seiner Jahre wie eine schützende Essenz an ihn weitergab, erfüllte Magda mit Trauer. Was, wenn Lynn eines Tages wegzöge und es niemanden mehr gäbe, der sie, Magda, kannte? Der wußte, woher sie gekommen war? Wenn sie dann nicht sagen konnte: I c h kenne mich?

Wehrlos folgte sie jetzt dem Fließen, den Blick wie unter Hypnose gebannt. Auch als Kind hatte sie am Bach gestanden, die Großmutter hatte ihr erzählt, daß sich Väter manchmal in Fische verwandeln und herbeischwimmen, um ihre Töchter zu sehen. Die Großmutter starb. Der Vater kam nie. Irgendwann hatte sie aufgehört zu warten und die Balkonbrüstung zu einer Barrikade erklärt, an der alle Märchen abgeprallt waren ... -

Sie tauchte die Füße ins Wasser. Die Kälte biß sofort zu. Sie nahm sie schnell heraus und tappte vorsichtig über die glatten, warmen Platten, um die Sohlen zu trocknen. Rings gleißendes Licht. Die Sonne vervielfältigte sich in den kleinen, unruhigen Wellen, blendete auf, zerbrach. Magda vergaß die Gedanken. Vergaß sogar Martin. Sie fand Freude daran, die Farben der trockenen Steine mit denen im Bach zu vergleichen, und ihr fiel auf, daß sie unterm Wasser, ganz besonders da, wo es nur flach darüberstrich, härter wirkten als draußen, kontrastreich, intensiv.

Sie fotografierte wieder. Diesmal ohne Hast. Auch Martin war mit sich selbst beschäftigt, was sie vorübergehend voneinander befreite. Er ließ die nasse Hose von der Sonne durchdringen, bis er Gänsehaut spürte, aber von innen heraus, irgendwo aus dem Bauch, meldete sich wieder Übelkeit, er wollte rauchen, aber es schmeckte ihm nicht, überrascht steckte er die Zigarette weg. Er gehörte zu jenen Menschen, die sich mit starkem Willen den Körper unterwerfen und völlig hilflos werden, wenn dieser nicht wie befohlen funktioniert.

Da trat Magda heran. Barfuß. Leicht. „Weißt du", sagte sie, „ich bin nicht zufällig hier." Sie übersah Martins Unmut. „Ich glaube, es hat -", sie sprang auf einen Stein, „mit meinem Vater zu tun."

„Glaubst du - " Etwas Lauerndes geriet in sein

Gesicht, er war äußerst gespannt und drehte sich weg.
„Wenn er wirklich aus den Bergen stammt, kann ich das nicht zuhause."
„Und was genau willst du?"
„Ich weiß es nicht. Ihn verstehen ... vielleicht ... er ist doch in mir, oder nicht?"
Sie machte sich keine Gedanken darüber, daß dies etwas sehr Persönliches war. Sie hätte es in diesem Augenblick wohl auch dem Jäger oder dem alten Mann gesagt. Sie kramte im Rucksack. Fand eine Fotografie, braun und verblichen, mit geknickten Ecken - ein bewaldeter Rücken vor einem zerfurchten Berg mit steilen Schneerinnen, sie zeigte sie Martin.
„Hier muß er gewesen sein. Es steht hinten drauf."
Als würde er angegriffen, wich Martin zurück.

*Am oberen Ende bricht das Schneefeld schroff ab. Zwischen ihm und dem Felsen stürzt eine Kluft etwa acht Meter zum Wandfuß hinunter. Eine schmale Schneebrücke. „Sie hält", sagt der Mann. Nur ein kleiner Standplatz ist ausgetreten worden, die Frau nimmt den Rucksack ab, sie muß jetzt in den Gurt. Der Mann steht ruhig. Er drängt die Anspannung zurück. Er schaut die steile, blanke Eispartie abwärts und weiß, daß sie das unten hätten tun sollen. Auch die Frau weiß das. Sagt jedoch nichts. Er hält den Rucksack. Er wäre auch bereit, sie zu halten, was kaum vorstellbar ist. Ein zweifelnder Blick der Frau trifft seine Füße, danach seine Augen, „Ich stehe gut", sagt er. Es sind nicht die Worte, die ihr Sicherheit geben, sondern die Art, wie sie gesagt werden, der Ton. Dieser Ton verrät Festigkeit, Ruhe, aber auch jene gewisse Spur Kaltblütigkeit, an der man den guten Bergsteiger erkennt.
Ungesichert geht der Mann über die Schneebrücke voraus, über*

hundertmal hat er das schon getan. Die Kluft darunter wird von Jahr zu Jahr breiter, ohne die Brücke müßten sie sich abseilen und am Fels wieder aussteigen aus der kalten Grotte.
Er hat das Seil bei ihr gelassen. Hat nur ein Ende mitgenommen. Aufmerksam gibt die Frau gerade soviel nach, daß es ihn nicht bremst, aber auch nicht schleift im Schnee, naß ließe es sich schwerer handhaben. Drüben am Standplatz der erste Haken. Er klinkt einen Karabiner ein und zieht das Seil hindurch, an dessen anderem Ende die Frau sich inzwischen eingebunden hat. Alles geht sehr flink. "Ich hab dich, du kannst." Er sieht, daß sie ruhig und sicher geht, er freut sich, daß sie sich gefangen hat. Sie ist leichter als er, sie ist am straffen Seil, der Himmel ist von hier bis in die Tauern blau, eine Dohle treibt vorüber, tändelnd im kühlen Wind, sie werden ihn brauchen, wenn sie in der Sonne sind –
Da bricht die Schneebrücke, die Frau sackt durch, einen Meter vor der Wand, nahezu vorm letzten Schritt. Sie hat wieder geschrien. Es ist ihr Temperament. Gleichzeitig hat sie die Beine blitzschnell gegen den Fels gerichtet, um sich abzufedern, dumpf schlagen unter ihr die Schneebrocken auf den Grund. Nach dem ersten Schreck lacht sie. "Ist doch deutlich, oder?"
"Was ist deutlich?"
"Wir können nicht zurück."

Sie wußte schon jetzt, daß sie wiederkommen würde. Sie lag in dem rosa Mädchenbett und fühlte sich gewärmt und aufgefangen. Gleich ginge sie hinunter zum Frühstück, zu Menschen, die keine anderen Sorgen hatten als das Wetter und keine anderen Fragen als die, die ihre Klettertour betrafen. Das Dasein reduzierte sich auf den Inhalt des Rucksacks, und dieser Zustand schien Magda begehrenswert.

Aufwachen war das schlimmste. Jeden Morgen fiel schwer die Last vergeudeter Jahre auf sie, sie empfand es so, es half nichts, sich zu sagen, daß sie zwei Kinder großgezogen hatte. Kinder gingen. Sie ließen Dinge zurück: abgelegte Kleidung, Spielsachen, Bücher. Die Dinge blieben. Aber das Jungsein, die Zukunft ...! Plötzlich klaffte in der Wohnung ein gefährliches Loch, die Verheißung des Beginnens war herausgerissen worden.

Gerade jetzt hatte Magda die Arbeit wechseln müssen. Gerade jetzt war das Theater, für das sie Kostüme geschneidert und die Aufführungen fotografisch festgehalten hatte, geschlossen worden. Plötzlich andere Fotos. Mitten hinein in ihre Angst, allein zu bleiben, warf die Maschine nun tagtäglich kleine bunte Bilder von heilen Familien, heile Paaren, jeder hatte alles, sie aber nichts. Was immer sie an Filmen entwickelte, verstärkte diesen Eindruck, es wuchs sich aus zum Komplex, jeden Morgen wachte sie mit diesen Bildern auf, ihre Bettdecke war aus ihnen zusammengenäht, ihr Kopfkissenbezug, ihre Schlafwäsche. Kein Rotwein half. Keine Zigarette. Und nicht einmal Lynn, die mit ihrem Mikrofon hinter die heile Welt der Bilder drang, konnte sie aus dieser Sackgasse befreien.

Das Frühstück lockte. Magda ging unter die Dusche. Das Wasser schoß heiß ihren Körper hinab, die sanften Fallinien nutzend, zwischen die Brüste, in die Achseln. Mit tropfendem Kinn sah sie an sich herab, die Rinnen der Leisten führten es in den Schoß und von da an den Innenseiten der Schenkel hinab.

Magda berührte sich da. Die Haut war vom Wasser stumpf. Sie nahm Duschbad, bis die Hände im cremigen Schaum über die empfindsamen Hautpartien schlitterten, genoß es, von Wärme übergossen und durchtränkt. Dann dachte sie an Martin und fühlte sich schlecht. Es war kein guter Zeitpunkt, ihm zu widerstehen. Mit der Umstellung ringend, hielt ihr Körper fest, was er für immer zu verlieren glaubte, eine radikale Macht trieb ihn ins Begehren, heillos, als wäre es das letzte Mal.

Der Moment, bevor er sie auf das Stroh geworfen hatte, seine Schulterblätter in ihre Handteller geschlagen ...! Verspätet holte jetzt das Gefühl sie ein, diese Schultern nie mehr loslassen zu wollen und ihr Gesicht, zur Seite gewandt, ein für allemal in der breiten, flachen Senke dazwischen zu vergraben.

Sie drehte kaltes Wasser auf. Sie brauchte diesen Schock. Wenn sie jetzt nicht darauf achtete, welchen Mann sie wählte, würde sie vielleicht nie mehr wählen können.

Sie wusch ihren Körper. Die Hände wohltuend blind. Sie sahen keine Falten, keine Dellen im Gewebe, die die Müdigkeit verrieten, die Brüste waren weich und die Haut um die Warzen herum wie immer sehr zart. Selbst die Augen, die sonst weniger gnädig blickten, wurden in diesem Moment verwöhnt, der Spiegel beschlug, und als Magda ihn freiwischte, wirkte der feuchte Dunst wie ein Weichzeichner.

Weniger weich der Sturz des Gletscherbachs. In einen Schleier aus Gischt gehüllt, donnerte das Wasser mehr als hundert Meter hinab in eine Schlucht. Es prallte in ein Felsbecken, das es sich von Jahr zu Jahr größer und tiefer grub und in dem es sich überschlug, bevor es in das breite Steinbett schoß, hinunter ins Tal, durch den Ort, dessen ältesten Häusern es gefährlich nahe kam. Mit wachsender Kraft leckte es an den Grundmauern, atmete kalt in die Ritzen, durchfeuchtete das Holz. Die Bewohner wußten um die Bedrohung, je mehr die Gletscher an ihren Ausläufern schmolzen, um so fordernder rauschte das Wasser durch die Altstadt.

Um die Zerstörung aufzuhalten, hatte man den Fluß geteilt. Die weitaus größere Wassermenge floß nun außen am Ort vorbei, Bäume wurden gerodet, Uferwege angelegt. Das schmale Gesicht des Tales zog sich breiter, die Zahl der Pensionen und Gasthöfe wuchs.

Magda hatte sich ein Fahrrad ausgeliehen. Sie bewegte sich flußabwärts, sie fühlte sich getrieben, etwas brach sich seit Stunden in ihrem Inneren los und wollte herausgestrampelt werden. Sie fuhr im schwersten Gang. Es war, als flösse mit der Kraft, die sie auf die Pedale preßte, etwas über ihre Beine ab, wie ein zäher Teig, der sie jahrelang am immer selben Platz hatte festkleben lassen.

Fern vom Ort änderte sich das Bild. Eine breite Schneise tat sich seitlich auf, die Baumstämme lagen wie geknickte Streichhölzer, eine Zunge aus Geröll reichte bis zum Fluß hinunter. Nur der Weg war geräumt. Der Waldhang hingegen glich einer großartigen natürlichen Bühne, über die soeben ein Krieg gefegt war.

Magda stieg vom Rad und kletterte über Stämme und

Steinblöcke zum Ufer hinunter. Der Fluß floß hier in einem Bogen, sie sah, daß er außen, wo er am schnellsten war, den Brückenpfeiler mitgerissen hatte. Rostige Eisen ragten aus dem Beton, das Gras und die Sträucher der Böschung lagen blaß und flachgekämmt am Boden, Wurzeln stachen ins Leere. Naßglänzend die Baumstämme, blankgeschabt, enthäutet, wer hier stürzte, starb einen erbarmungslosen Tod. Magda konnte sich nicht erinnern, die Natur jemals anders als gepflegt und beherrschbar erlebt zu haben, im Gegensatz zu den Menschen. War das anders hier? War der Mensch hier biegsam, weil sich die Natur eben nicht biegen ließ, war das eine Art Pakt?

Sie erinnerte sich an die Stimme Martins, die leiser geklungen hatte als die Stimmen, die sie kannte. Auch seine Bewegungen waren anders gewesen, sparsamer vielleicht, als lenkten sie die Kraft ins Innere um, um sie dort zu sammeln für einen schwierigen Augenblick. Mußten sie hier rechnen mit solchen Augenblicken? Riet ihnen ein tiefer, uralter Instinkt, bereit zu sein für die Spiele der Natur?

Wieder wurde Magda von dem Gefühl bedrängt, die Gegend zu kennen, es hüllte sie ein in jenen dämmrigen Zustand zwischen Vergessen und Erinnern, der sie vor Tagen am Straßenrand ereilt hatte. Es war unangenehm. Sie war noch nicht an dem Punkt, wo aus Flucht Zuflucht wird, und das wühlte sie auf.

- Hör immer auf den lautesten Ton in dir u n d den leisesten, hatte Lynn gesagt. Folge ihnen. - Und wenn sie sich widersprechen? -

In Gedanken versunken, fuhr Magda zurück, der Ort wuchs ihr entgegen, eine Kreissäge schrie. Auf einer Almwiese bewegte sich ein riesiger Heuhaufen abwärts, auf zwei Beinen, ein Mann trug ihn auf seinem Rücken zum Stadel hinunter. Das Bild fügte sich zu den übrigen Bildern, wurde statisch wie sie, geriet aus der Zeit. Das Heu auf der Wiese vorm Haus in der Stadt, zwei Frauen auf dem Balkon, zwischen Trauer und Träumen. - *Da ist noch etwas in meinem Leben, das ich finden muß, Lynn. - Müssen wir das nicht alle? - Eine Antwort ... vielleicht ... - Auf welche Frage, Magda? Glaubst du nicht, daß es die Fragen sind, die wir suchen, in jeder Begegnung, jeder Liebe? -*

Magda radelte weiter. Es brauchte wilde Geduld, um den Zustand auszuhalten, in dem sie sich befand. Sie stand auf einer Schwelle, der Raum dahinter eingestürzt, der vor ihr noch im Dunkeln, und die Schwelle schwankte. Magda griff nicht nach Händen. Außer Lynn auch kein Gesicht. Und selbst wenn Martin, nach dessen Gesicht sie sich beängstigend sehnte, es schon hätte zeigen können, wie konnte sie es sehen, wenn sie selbst im Dunkeln stand?

Die Gassen jetzt eng. Sie gab das Fahrrad zurück. Zwei Kirchen, die ihre Bestimmung, groß und mächtig zu wirken im Vergleich zu den Häusern, verfehlten in einem Tal, das von knapp dreitausend Meter hohem Fels umarmt wurde.

Magda ging in ein Café. Liebe Lynn, drückte sie in die kleinen Handytasten, ich bin in Österreich. Etwas passiert, aber ich weiß noch nicht, was. Wirst du dasein, wenn ich zurückkomme?

Ihr Blick fiel auf die Tageszeitung an der Garderobe. Eine dicke Schlagzeile: „Klettern wie a Katz ..." Mit struppigem Haar unterm Stirnband und einem abgekämpften, aber strahlenden Gesicht sah Martin sie an, das Seil noch auf der Schulter.

Auf diese Begegnung war sie nicht gefaßt. Verwirrt las sie den Text über eine gewagte und den Medien zunächst vorenthaltene Erstbesteigung an einem brüchigen Berg, dessen vordere Hälfte erst vor kurzer Zeit donnernd herabgekracht war. Eine Großaufnahme zeigte ein Stück Seil, bis zur Hälfte durchgerieben, eine zweite Martins Hände, blutig gescheuert beim Versuch, das Leben zu halten, das er doch auch gleichzeitig in jeder Sekunde verlieren konnte. Seine geweiteten Augen in der ersten Nacht ...! Der Schreck war also frisch. Ebenso wie der Sieg. Und die Angst darunter gebändigt von Freude und nicht wirklich faßbar, eine von jenen Ängsten, bei denen es Anfang und Ende nicht gibt, weil das eine beständig das andere erzeugt.
Mit den Händen begann ihr Zutritt zu seinem Gesicht. Es gab welche, die waren einfach nur Hände, ohne Ausdruck, ohne Spuren, und andere – das erkannte sie jetzt - die verrieten ein Leben.
Magda stieg in einen Bus. ... alles tun, was zerstört ... War das sein leisester Ton? Hatte sie ihn überhört? Und die eigene Stimme, gehörte sie schon ihr, und wenn nicht, wem dann?

Die Felswände stoßen aufeinander wie zwei Wände in einer Zimmerecke, sechzig Meter hoch, uneben, rauh. Eine Körperhälfte links, eine rechts im Gestein, erzeugt der Mann Druck und stemmt sich so höher. Stellenweise hat die Ecke einen Riß, in der er den Fuß oder die Faust verkeilen kann. Er scheint ohne Gewicht. Er geht wie auf Leitersprossen. Da er schnell steigt, hat die Frau mit beiden Händen zu tun, um das Seil, das durch einen Karabiner läuft, locker nachzugeben. Ihre

Aufregung wächst. „Stand!" – „Ausgesichert!" Er zieht das Seil ein, wie eine endlose Schlange flüchtet es nach oben. Sie bindet sich ans Ende, ihre Finger sind noch kalt, doch selbst blind könnte sie diesen Knoten machen, jede Windung ist fest im Gedächtnis der Hände. „Seil aus!" – „Nachkommen!" – „Ich komme." Es ist, als rollte der Zug aus der Bahnhofshalle, die Anspannung löst sich, die Reise geht los. Die ersten Meter noch hastig, noch verkrampft, noch zu sehr auf Tempo bedacht – was will sie ihm beweisen? Er grinst, als sie ankommt, er hat es gesehen. Also gut, von jetzt an geht sie i h r e n Weg.
Wieder der gleiche Ablauf: sich ausbinden, ihn sichern, selbst mit einer Schlinge am Standhaken fest. Noch immer ist sie nicht ganz so ruhig, wie sie wünschte, sie kennt das, ein Unmaß an Energie wird vom Körper freigesetzt, und auf den ersten Seillängen, besonders, während sie steht und sichert, bleibt diese Energie noch ungenutzt und drängt wie Hochwasser gegen einen Deich. „Stand!" – „Ausgesichert!" – Die Schlange. - „Seil aus!" – Die Kommandos prallen an den Fels, doch kein Echo, er schluckt sie, ein Vorgang, den sie bereits kennt und der ihr doch jedesmal unheimlich ist.

Anders stand sie jetzt vor den Fotos im Vorraum, suchte Martin zu erkennen, fand ihn auch. In einer blaugelben Jacke, in einer Felsnische voll Schnee, im Dunkeln, das Seil lief von der Brust weg nach oben wie eine Nabelschnur, die vom Herzen ausging. Sein Gesicht war gerötet. Lippen und Hände blau. Das war nicht nur der vom Blitzlicht in kalten, abweisenden Neonton gezwungene Schnee, Martin fror, die Haarspitzen unterm Helm voller Rauhreif, auch die Wimpern, er sah in die Kamera wie ein Greis mit jungen, wild entschlossenen Augen.

Sie ging weg von den Bildern. Ging mit gesenktem Kopf quer über die Wiesen, erst zur oberen Alm, dann am Bach entlang abwärts, sie suchte Martin. Eine Holzrinne leitete das Wasser zum Brunnentrog, sie stand wieder vor der Hütte, wie am ersten Tag. Unmerklich drehten sich die Dinge hier im Kreise, umschlossen von den Felswänden, die Verbindung zum Tal bestand einzig in der schmalen, sich eng windenden Straße und kilometerlangen, einsamen Wanderwegen.

Doch die Idylle bekam jetzt einen anderen Ton. Es war, als hätte Magda plötzlich einen Blick hinter die liebliche Kulisse geworfen, wo die harten Herausforderungen der Natur die Menschen still und widerstandsfähig machten und sie gleichzeitig mit einem Instinkt versahen, der sie in die Lage versetzte, ihr Leben zu riskieren.

Magda trank von dem Wasser. Schaute unschlüssig ins Tal. Der Frieden, der über der Landschaft lag, kam ihr wie eine Offenbarung vor, alles wirkte erhaben, jede Handlung hatte hier eine naturgegebene Berechtigung. Magda war süchtig nach dieser Erfahrung. Ihr banaler Alltag hatte sie in letzten Zeit immer wieder mit der Frage nach dem Sinn konfrontiert. Sie wollte nützlich sein. Unverzichtbares Glied in einer lebenserhaltenden Kette. Sie sah die Kette nicht mehr. Sie fühlte sich abgeschnitten. Wer war sie denn, welchen Platz füllte sie, den niemand außer ihr wirklich einnehmen konnte?

Martin war in der Hütte. Er freute sich, als er sie sah. „Es sind kaum noch Gäste da, ich habe endlich etwas Zeit. Wir sollten noch mal über Lawinen reden."

Diesmal lachte Magda. „Mußt du nicht mehr fensterln?"

„Nein. Nur bei dir. Wenn du mich weiterhin so abweist."

Der Jäger kam herein. Er legte Holz in den Herd. Er war auffallend ruhig in Martins Gegenwart und ein bißchen zu devot, er wäre hier gern zuhause.

Er brachte Wein. Er goß ein und sah Magda scheu an. „Ich heiße Herbert", sagte er, als entschuldigte er sich. Als der Hund seine Schnauze unterm Tisch hervorschob, um vom Schinken auf Martins Teller zu betteln, faßte er ihn am Halsband und zog ihn hinaus.

„Seltsam ... ihr arbeitet, oder ihr trinkt."

„Manchmal trinken wir auch nur." Aus Martins Augen sprühte ein unbändiger Frohsinn, er war völlig verändert, er hatte den Bericht in der Zeitung gelesen.

„Also gut, die Lawinen", sagte Magda.

„Das war ein Scherz."

„Aber ich möchte wirklich etwas darüber wissen."

„Magdalena, was hast du vor?" Mit theatralischem Ernst sah er ihr ins Gesicht, und als sie zu einer Antwort ansetzte, sagte er: „An der Hütte oben hast du mir gesagt, daß du deinen Vater suchst."

„Das ist auch so."

„Und du glaubst, daß er noch lebt."

„Ich fühle das."

Er lachte nicht über diese Bemerkung, er trank nur noch mehr Wein, beunruhigend schnell.

„Warum suchst du ihn?"

„Um zu wissen, wie er ist. In meiner Phantasie nimmt er die verschiedensten Gestalten an, ich komme so nicht zur Ruhe. – Und da ist noch etwas. E r weiß

nicht, wie i c h bin."
„Ist das denn so wichtig?"
„Ja. Sehr."
„Ihr Frauen seid komisch. Immer wollt ihr gekannt sein. Was ändert das für euch?"
„Viel. Glaube ich."
„Ich will nur mich selbst kennen." Er sagte es ruhig, so daß es für Magda nicht verletzend klang, er war vollkommen ehrlich in diesem Moment, durchbrach es aber sofort. „Nimm mich ja nicht ernst."
„Und wie, Martin, lernst du dich kennen?"
„Beim Klettern zum Beispiel." Er sah zu der Zeitung, und das Leuchten kam in seine Augen zurück. „Ich hab eine Idee!" Er stand auf, er schwankte. „Ich zeige dir jetzt, wie man sich sichert und abseilt."
Magda war besorgt. „Du kannst doch nicht mal gerade stehen."
„Was muß ich stehen, wenn ich klettern will."
Martin wollte die Stiege hinauf, stolperte jedoch und stieß sich den Kopf am Zwischenboden. „Ich muß hier noch ein Seil haben, und einen Gurt."
Jetzt lachte auch der Jäger. Dann tröstete er Magda. „Keine Sorge. Vertrau ihm."
„Du hörst, was er sagt."
Magda war sich da nicht so sicher, und doch wurde sie beim Anblick Martins von einer solchen Leichtigkeit erfaßt, daß sie ihm folgte wie ein Kind.

Irgendwann blieb er stehen, trat dicht an sie heran und umarmte sie. Er wollte sie küssen, doch er schwankte wieder und rutschte auf einer nassen Wurzel aus.

„Wir seilen uns jetzt ab."

„Du bist völlig verrückt."

„Das liebst du doch, oder?"

Sie erreichten eine Fichte. Sie stieß kerzengerade in einen makellos blauen Himmel. Er warf das Seil von der Schulter. Wand es sich um die Brust.

„Martin, das ist ein B a u m !"

„Der taugt jetzt für uns."

Er nahm den Gurt aus dem Rucksack. Hammer und Haken, einen Helm. Er kleidete Magda ein, und sie ließ es geschehen, nur der Helm erregte einigen Zweifel in ihr.

Plötzlich Leute auf dem Weg. Ein älteres Paar mit Hund kam heran und blieb neugierig stehen.

„Berg heil", sagte Martin. Er hantierte mit dem Seil. Er wollte es um den Abseilachter schlingen, was ihm nicht gelang, skeptisch sah der Mann zu.

„Ich kann das", sagte Martin. „Ich bin Bergführer. Eiger-Nordwand gegangen. Ich zeig ihr nur, wie man sich sichert."

Ein langer, mitleidiger Blick traf Magda, sie versuchte zu lächeln, doch Martin rutschte wieder aus, und angeseilt rollten sie die Böschung hinunter.

Die Leute gingen. „Die holen Hilfe", sagte Magda. „Die denken, du tust mir hier irgendetwas an."

Sie konnten vor Lachen kaum auf die Beine kommen, mit grünen Hintern krochen sie den Hang hinauf.

„Du müßtest dich sehen! - Ich bin Bergführer - ...!"

„Und du – mit diesem Helm –"

„Der ist doch todschick."

„Also los jetzt." Martin sortierte das Seil, zeigte Magda, wie sie es halten mußte und schwang sich katzenartig den Stamm hinauf. Er schlug einen Haken ein. Magda mußte wieder lachen.

„Magdalena, das Klettern ist eine ernste Sache."

„Ja sicher", keuchte sie und sah zu ihm hoch. „Martin, die Äste sind morsch!"

„Du hältst mich."

„Großer Gott, was wiegst du?"

Da hatte er schon losgelassen und brach durchs Gezweig, Magda machte einen kleinen Hüpfer nach oben, schrie auf, dann pendelten sie beide im Seil.

„Sehr gut gemacht!"

„Du bist wirklich verrückt."

„Jetzt du."

Magda stellte sich unter den Baum, atmete durch und gab jeden Willen auf. Wenn er will, daß ich da hochgehe, gehe ich da hoch.

Ein Mann kam den Weg herauf. Er sah aus wie ein Bauer. Er hatte eine grobe Arbeitsjacke an und eine Art gestrickte Mütze steil in der Stirn. Seine Nase war riesig. Ein Ohr stand weit ab. Er trug eine Mistgabel und hielt sie bedrohlich nach vorn gestreckt, Magda erschrak. Der Mann blieb stehen und beobachtete sie. Hastig band Magda sich aus dem Seil. Den Blick auf das Gesicht des Bauern gerichtet, der jetzt grinsend seinen einzigen Zahn entblößte, raffte Martin es zusammen und stopfte es in den Rucksack. Plötzlich lachte der Bauer. Er hatte Martin erkannt. Er bohrte die Mistgabel in den weichen Grund. Dann half er Martin, der erneut ausgerutscht war, mit einem Schwall von Worten wieder auf die Beine.

Sie hatten das Geräusch an der Tür nicht bemerkt.

Sie saßen vor der Hütte, zurückgelehnt, die Lärchenstämme gruben sich ihnen in die Rücken, und noch immer waren sie beschwingt vom Wein.
Da stand der Alte vor ihnen. Eine Hand auf dem Stock, die zweite am Fensterbrett, schaute er sie an.
„Servus", sagte Martin.
„Ich habe euch gesehen."
Er machte einen Schritt.
Martin sprang auf.
Er wollte ihn stützen, doch der Alte wehrte mit dem Stock ab, wobei er das Gleichgewicht verlor und gefallen wäre ohne Martins Hilfe.
„Trinkst du einen Wein mit uns?"
„Du warst betrunken", war die Antwort, „und betrunken darfst du niemanden führen."
Er ließ sich mit Mühe nieder auf die Bank, Magda schob ihm schnell noch ein weiches Kissen unter.
„Es ist schön, daß du mal rauskommst in die Sonne", sagte Martin.
Der Alte starrte eine Weile schweigend über die Tischplatte hinweg in das sonnige Tal. Dann polterte er: „Stell mich ihr vor! - Du sitzt zwar schnell mit einem Weibsbild auf der Bank, aber diesmal ist es anders, das sehe ich."
Hätte Martin eine solche Bemerkung normalerweise mit einem Lachen abgetan, so war er jetzt verlegen und leise aufgebracht. Blitzschnell veränderte sich sein Gesicht. Magda spürte die Spannung und sagte rasch: „Wir hatten Spaß."
„In diesem Gelände gibt es keinen Spaß."
Das war nicht verständlich, der Alte sah es Magda an.
„Du hast einen sehr schöne Kopfform", sagte er. Er

schloß die Augen. „Darf ich?" Es klang bittend.
„Was?"
Er begann, Magdas Kopf abzutasten, wie ein Blinder, der sich jemanden einprägen will. „Man kann einen jeden Schädel erkennen, mit den Händen, allein mit den Händen", sagt er. Seine Finger glitten über Magdas Stirn, die Schläfen abwärts, dann schräg über die Wangen. Neben den Nasenflügeln verweilten sie kurz, sie waren unerwartet weich, Magda saß ganz starr. Eine Gänsehaut jagte ihr über den Körper, sie fühlte sich zurückversetzt in die erste Nacht. Martin hatte das Weinglas über ihre Wange gerollt, es war die gleiche Geste, wie ein Spiegelbild.
Der Alte ließ von ihr ab und herrschte Martin an: „Du warst betrunken!"
„Wir sind spazierengegangen."
„Du hattest das Seil mit. Ihr seid klettern gewesen. Du hättest sie umbringen können!" Er richtete sich auf, stützte sich auf den Tisch, diesmal verweigerte Martin ihm die Hilfe. Er nahm sein Glas und hielt es dem Alten vors Gesicht. Der wehrte ab. „Betrunken", zischte er.
Da warf Martin das Weinglas gegen die Hütte und schrie: „Wie damals! Aber was ändert das!!"

Ihr Standplatz ist klein. Das Seil liegt quer über ihren Füßen und entrollt sich gleichmäßig, plötzlich stockt es, ein Knoten, gerade jetzt. „Locker!!" Der Mann spürt Zug nach hinten, es reißt ihn fast aus der Wand, er hat eben angesetzt, einen Vorsprung zu überwinden.
Die Frau weiß das. Sie hantiert blitzschnell. Doch es gibt keine Auflagefläche für das Seil, es rutscht ab, sie bückt sich, um es

zu halten, doch gerade jetzt hat sie keine Hand frei, sie muß zügig nachgeben, keinesfalls darf der Mann gebremst oder gar zurückgezogen werden. Das Ding zischt den Fels hinab, löst dabei kleine Steine. Sie will es heraufholen, doch es hängt fest, es hat sich in einem Spalt verklemmt.

Magda saß an der Fichte, das Moos darunter war weich. Einer der Haken steckte noch im Stamm, Zeuge ihrer ersten gemeinsamen Geschichte.
Über ihr eine Gondel, winzig und exponiert. Sie verschwand in den Wolken wie ein behäbiger Vogel, und Magda fragte sich, wie es da oben wohl wäre. Sie ging kleine Schritte. Sie wußte nicht viel. Nur daß es um einiges kälter war und vielleicht sehr windig, überm Gipfelgrat wirbelten dünne Schneefähnchen auf, die von hier aus harmlos wirkten, doch wenn sie deren Größe mit den Ausmaßen der Seilbahnstation verglich, änderte sich dieser Eindruck, und Magda bekam Respekt.
Warum hatte sie sich in die Berge gewünscht? Was war das für eine Geschichte gewesen, die die Mutter erzählt hatte von jenem See? Magda konnte sich nur an die Worte erinnern, die sie selbst benutzt hatte damals am Bach, wie ein Gedicht, wie ein Märchen, an das sich nicht einmal Lynn erinnern konnte, obwohl sie doch stets genauer als Magda zugehört hatte.
Sie ging zurück. Eine fremde Musik schwang in langen, hallenden Tönen herauf, dann Akkordeonklänge, beschwingter, zerfetzt von auffrischendem Wind, plötzlich prasselnder Regen. Sie begann zu laufen, der Regen war kalt, innerhalb von Minuten fiel der letzte Rest Sommer in sich zusammen, die Alphorntöne

brachen ab. An der Hütte, die kein Vordach hatte, drängten sich Männer in schwarzen Trachten mit ihren Instrumenten lärmend in den Eingang, es war ein fröhlicher Lärm, derb und ruppig, mitreißend auch.

Sie trieb nach innen. Geschenke, Blumen. Sie war mitten in Martins Geburtstagsparty geraten, er lud jeden ein, der zur Tür hereintrat. Der Lärmpegel immens. Auch die Körperausdünstungen. Ausweglos schwankte die dicke Luft im Raum, grobe Bergschuhe besprangen tanzend die Dielen.

Sie quetschte sich auf eine Bank. Neben ihr der Jäger. „Servus", sagte er im breitesten Sächsisch, griff ein Glas und ließ es voll Rotwein schwappen. Zwei junge Frauen trugen auf einem Brett eine riesige dampfende Pfanne herein. Um die Pfanne Kerzen. „Kasnockerln?" – „Statt Torte." Die Frauen küßten Martin, er lachte, und Magda verglich dieses Lachen mit der Fotografie in der gruslign Schneewand, die Angriffslust war die gleiche.

„Tanzen wir?" Herbert schob sie aus der Bank.

„Um Himmels willen, wo denn?"

„Da hinten, am Stall."

Sie hatte sich nicht verhört, er drückte sie bis zu einer Durchreiche im hinteren Teil der Hütte, fensterhoch, und aus diesem Fenster stachen drei behörnte Ziegenköpfe neugierig in den Raum.

Magda versuchte, Herberts Worten zu entweichen, auch der Hand, die hart in ihre Wirbelsäule griff. Die Fensterkreuze glitten an ihr vorbei, der Ofen, der Hackklotz, die klobigen Stühle.

„Darf ich dir die Dame entführen?" Martins Stimme

fuhr ihr wie ein Geschoß in den Rücken, Herbert protestierte, aber Martin nahm sie und riß sie in einen hektischen Tanz.
„Ich wäre auch gern gefragt worden."
„Später – ich hab Geburtstag."
„Was willst du später noch fragen?"
„Möchten Sie tanzen, gnä' Frau?"

Es war unmöglich, den Bewegungen im Raum zu widerstehen, in Wellen griffen sie auf die Menschen über und spülten sie wie Treibgut unberechenbar umher. Sie sah auf Martins Hände. Von da in sein Gesicht. Ein kurzes Lächeln, dann zog er sie an sich, flüchtend vor ihrem veränderten Blick.
Die Wärme kam aus unvorhergesehener Richtung. Sie legte sich um ihren Rücken, sie war geräumig und weich, sie kam von seinem Bauch, sie floß durch seine Arme und saugte sich körperlos an ihren Hüften fest. Sie hörte seine Stimme, ihr erdiges Summen stellte alle Härchen in ihrem Nacken steil. Seine Beine flossen kühl an ihren Beinen hinab, belebten jeden Winkel, und das Gesicht, dessentwegen sie so lange so weit gegangen war, hing wie eine magische Maske über ihr.
„Warum hast du nicht gesagt, daß auch du kuschlig bist."
„Du hast nicht gefragt."
„Die Lawine oder du …"
Es klang nachdenklich, Magda hörte es, wollte sich jedoch nicht darauf einlassen. „Die Lawine ist größer."
„Sie tanzt nicht so gut."
„Und sie behielte dich."
„Das tätest du auch."

Die Worte nagelten sie ins Schweigen, eine lange Weile tanzten sie still. Als berührte sie eine kostbare Oberfläche, legte Magda die Hände auf Martins Schulterblätter. Die Gedanken schon taumelnd. Ohne Widerstandskraft. Ab und zu drangen Donnergeräusche durch den Lärm, von den derben Bässen der Volksmusik überstimmt.

Als es einmal ruhiger wurde, sagte Martin: „In der Hütte mußte ich an meine Brüder denken."
„Warum?"
„Sie sind tot."
„Abgestürzt?"
„Eben nicht. Das ist ja das Verrückte. Immer nur geklettert, und dann, mit dreißig, im Futtersilo erstickt."

Er hatte es jetzt gesagt, weil er glaubte, die Menschen rings böten Schutz vor zuviel Gefühl. Es funktionierte nicht. Sie waren plötzlich allein. Die Menge wich zurück, dafür kam Magda näher, „... Das Spielzeug in der Schublade ..." flüsterte sie. - „Steinschleudern ..." sagte Martin. „Und ein Holzpferd?" – „Vom Kleinsten." – „Da war aber noch was. Ganz spitz." – „Du lieber Gott, das Einhorn." – „Hat das eine Bedeutung?" – „Ja." – „Welche?" – „Irgendwann erzähl ich's dir."

Ihr Pullover war naß, sie wollte ihn ausziehen, Martin faßte ihn und zog ihn ihr über den Kopf. Er tat das sehr langsam, er griff mit den Fingerspitzen von unten in den Halsausschnitt und weitete ihn, dabei berührte er ihr Gesicht. In diesem Augenblick ging das Licht aus, die Musik versagte mit einem kläglichen Ton. Die Glut auf der Feuerstelle ließ gerade noch ein paar

Umrisse erkennen, die ungewisse Bewegung im Raum fror fest.

Unbeeindruckt führte Martin sein Tun zu Ende, deutlich knisterte Magdas aufgeladenes Haar. Sie konnten einander nicht sehen, sie waren allein durch den Tastsinn miteinander verbunden. Magda griff nach dem T-Shirt. Zerrte es an sich herunter. Sie spürte Martins Hände, die gerade neugierig ihren Rücken zu erobern begannen, Hände, die andere Erfahrungen hatten, die zu halten vermochten: den Körper, das Leben.

Ich bin zu alt für so etwas, dachte sie und verlor im selben Moment den Kontakt zu ihren Jahren. Sie war jung. Sie war ein Mädchen. Sie befand sich mit Lynn auf einer Nachtwanderung im Ferienlager, und der Junge neben ihr riß sie plötzlich ins Gebüsch und leckte wie eine Hundezunge ihren Mund.

Anders jetzt der erwachsene Mann. Er dehnte den Augenblick. Er konnte warten. Er wußte, daß das Leben Narben hinterließ, man konnte Zeit nur mißachten, nicht besiegen. Er verspürte bei Magda jene innere Tiefe, in die zu tauchen er ebensosehr ersehnte wie befürchtete, eine Aufmerksamkeit, von der sie gar nichts wußte, die ihren Narben entsprang und ihrem wachen Gesicht.

Er schob die Fäuste in ihre Achselhöhlen. „... wie Jungtiere ...", sagte er, „wie Neugeborene ..." Das Licht schnitt ihre Berührung entzwei, riß sie hart auseinander, „danke", sagte er. Sie nahm ihren Pullover und kämpfte sich zur Tür. Martin folgte ihr. Es war sein Tag. Es würde auch sein Sieg sein, über die Frau, über die Angst vor Frauen, jeder Berg war

eine Frau. In Jahrzehnten hatte er gelernt, sich auszuliefern, zu erobern durch Aufgeben des Widerstands. Schon standen sie im Freien. Griff die Nachtluft nach der Haut. Schon schoß von seiner Hand, die die ihre faßte, Wärme in alle Körperteile -
Plötzlich Stimmen. Man rief ihn. Dringlich. Ernst. Mit einem Gesicht, als risse man ihm etwas aus dem Leib, zwischen Staunen und augenblicklicher Qual, lauschte er ins Handy, gab es dann zurück, die anderen standen in betroffenem Schweigen. Starke Regenfälle hatten in einem Alpental einen Felssturz ausgelöst und sechs Bergführer getötet – einer von ihnen war Martins bester Freund.

Allmählich erwacht das Selbstvertrauen. Allmählich verbinden die Körperteile sich durch innere Bänder, jedes Glied erfährt, was gerade alle anderen tun. Das Ganze bewegt sich um eine Mitte, die von Gedanken unabhängig ist, ein großes, waches, erdverbundenes Herz steuert selbst die feinste Bewegung. Es reicht weit über die Frau hinaus. Es verfügt über Erfahrungen, die sich jenseits ihrer Erfahrung eingelagert haben in den Fels, die sich abrufen lassen, wenn man sich ihm anvertraut. Manchmal, wenn die Frau für einige Minuten steht und aus der unmittelbaren Anstrengung entlassen ist, sieht sie über sich den Mann in einem sicheren Tanz, die Glieder gleichmäßig um den Körpermittelpunkt, den er ruhig und kontrolliert gerade soweit verlagert, daß er den nächsten Tritt oder Griff erreicht. Ganz leicht sieht das aus. Nicht so sehr nach Mensch. Eher wie ein schlankes, wohlgeformtes Tier mit einer biegsamen Wirbelsäule und seltsam haftenden Füßen.
„Nachkommen!" – „Ich komme." Das Seil ist straff. Sie weiß, daß ihr nichts passieren kann, als Nachsteigende ist sie jeden

Augenblick sicher, sie muß ihm nur folgen, aus eigener Kraft. Über diese Kraft hat sie oft nachgedacht. Wird sie reichen? Neunhundert Höhenmeter? Sie hat es nicht wirklich ausprobieren können, alle anderen Routen, die sie gegangen ist, sind halb so lang gewesen, wenn auch teilweise schwerer. Nächte beantworten solche Fragen nicht. Sie reagieren mit unruhigem Schlaf und Träumen, deren Wirrnis spitz hineinragt in den Tag. Heute wird sie es wissen. In sieben, acht Stunden. Vielleicht auch in weniger, oder mehr.
Sie sind jetzt in der Sonne. Die Atemluft beißt nicht mehr. Je wärmer der Fels wird, um so besser haftet die dünne Schuhsohle, die sie auf Reibung hin belastet.
„Achtung!" – Kleine Steine pfeifen herab, so schnell, daß die Frau zu spät reagiert. Einer von ihnen trifft wie ein Geschoß ihren Wangenknochen, prallt jedoch so günstig ab, daß sie zwar Schmerz spürt, aber unverletzt bleibt. Allerdings ließ sie los. Im Reflex fuhr die Hand sofort ins Gesicht, löste sich vom Griff, die Beine können so schnell nicht ausgleichen, es dreht sie zur Seite - „Zug!!" – sie hängt im Seil.

Immer mehr Menschen kamen. Sie tropften in den Raum, regennaß, schwer, sie gaben Martin die Hand. Der stand schweigend am Tresen, den Blick nach innen, Blitze rissen die Welt vor den Fenstern ins Licht.

Nicht nur Christoph, Martins Freund, sondern auch drei Männer der hiesigen Bergwacht waren unter den Opfern.

Schnaps wurde gereicht. Dazu Rotwein und Wasser. Der Fernseher lief, noch immer wurde von dem Unwetter berichtet und dem zynischen Zug des Schicksals, ausgerechnet Bergführer zu töten.

Magda, die bei Martin geblieben war, nachdem er die Feier abgebrochen hatte, saß mitten unter ihnen, gehörte plötzlich zu ihm. Auch der Tod war da, er blies in die Gesichter, sie erkannten ihn, wenn sie sich in die Augen sahen.

„Wie alt war Christoph?" – „Fünfunddreißig." – „Und die Kinder?" –

Das Telefon läutete, Martin ging hin, nahm den Anruf entgegen, mit leiser Stimme, kam zurück. Er hatte Tränen in den Augen, die er offen zeigte, was niemanden verwunderte, auch die anderen hielten die Köpfe eher hoch, und Magda sah sie sich an. Die Zeit wirkt hier anders, dachte sie erstaunt, die Zeit ist keine feste Größe, ich bin noch nicht alt. Auch Martin trug die Spuren des Wetters in der Haut, des Frostes, der Sonne, des ungebremsten Windes. Wie den Abdruck seiner Heimstatt, wie ein Siegel seines Tuns. Zu gern hätte Magda jetzt fotografiert, vielleicht, um etwas dazwischen zu schieben, um sich zu verstecken hinter sachlichem Tun, vor allem aber, um etwas festzuhalten, das sie nicht kannte, die Trauer der Männer, über die sie jetzt schleppend zu reden begannen, verriet eine besondere emotionale Kraft, die Magda von jeher suchte in den Menschen, die sie jetzt aber doch überforderte.

Noch ein Achtel Rotwein.

Martin ging hinaus.

Sie hing an seinen verlangsamten Schritten und dem dunkelblonden Haar, das sich am Hemdkragen stieß, bis der aufrechte Rücken in der Nacht verschwamm.

Der Tod der Mutter –

Er war plötzlich gekommen.

Aus einem Grund, den Magda bis heute nicht verstand, hatte sich die Frau vom Dach herabgestürzt, brach durch Magdas Zwerchfell, ließ Verwüstung zurück. Und während sie atemlos im Hof stand und zusah, wie man die Mutter hinwegtrug, bedrängten sie Nachbarn mit der Frage, was mit den Kohlen geschehen solle, die geliefert worden wären, sie müßten weg vom Hof, sie dürfe die Kohlen nicht da liegenlassen, das sei gegen die Hausordnung, es gebe Beschwerden.

Bis Lynn gekommen war. Vor Entrüstung wild. Während die Türen des Krankenwagens sich knirschend schlossen und die Mutter nie wieder hergeben sollten, hatte Lynn zorngeladen eine der Kohlen genommen und den gaffenden Leuten vor die Füße gekracht. - Komm, kleine Magdi. - Aber wohin? - Zu mir. Du mußt schlafen. Es wird alles gut. - Zärtlich hielt die Ältere einen Körper fest, dessen Substanzen sich aufzulösen drohten. Der jedes Wort befolgte. Und doch nicht anwesend war.

- Warum fliegen die Schwalben im Winter weg? - Weil sie frieren. - Das ist ungerecht. Ich friere auch. - Aber du bist ein Mensch. - Und Menschen brauchen länger, bevor sie ohne Mutter leben können. Ich bin siebzehn, Lynn. Ich will auch in den Süden. -

Es hatte Wochen gedauert, bis Magda wieder zu sich kam. Und jeden Morgen bot sich Lynn das gleiche Bild: Sie saß auf der Couch, mit gelöstem Haar, ohne Tränen, den Rücken still nach vorn gekrümmt. Die Füße waren klein und vor Kälte sehr weiß, doch Magda ließ jede Art Hausschuh unbenutzt. Sie nahm einen Lippenstift aus ihrer Tasche und schmierte sich einen dicken, glänzenden Mund, der schwer herabhing und die Nase spitz zog, dann hatte sie wortlos die Schultasche gepackt.

Martin kam zurück. Er brachte Fotos mit. Er füllte die Gläschen erneut mit Schnaps, sein Rauchen wirkte fahrig, ansonsten schien er ruhig. Die Fotos wurden herumgereicht, Christoph beim Eisklettern, Christoph mit Kindern, Christoph mit Martin in einer ungeheuren Wand.
„Wann ist es passiert?" fragte Magda leise.
„Gegen zwei ..."
„Zu der Zeit, als dir schlechtgeworden ist?"
Er war offen für einen solchen Gedanken, er nickte und erinnerte sich erstaunt. „Weißt du, sie sagen immer, es sei Kitsch. Das Seil als Nabelschnur, Bergsteigerromantik. Wenn sie wüßten, wieviel mehr es in Wirklichkeit ist."
Kann Trauer sich ausbreiten, verliert sie die Bedrohung, sie wußten das hier, sie gaben ihr Raum, sie öffneten sich und ließen sie heraus, bis sie sichtbar wurde und damit beherrschbar. Staunend nahm Magda eine Stimmung auf, die sie so nicht kannte, nie hatte jemand mit ihr oder Lynn über den Tod gesprochen, über das Abschiedmehmen, über möglichen Trost.
Unverhofft ein Lachen. Eine Fotografie zeigte Martin und Christoph mit hängenden Köpfen in Kletterausrüstung an einem Felseinstieg, auf dem Rand des Fotos war lakonisch vermerkt: Große Zinne, Nordwand – wir haben das Seil vergessen.
Die Geschichten brachten Bewegung in die Stimmen, rauhten die Gesichter auf, zergliederten die Schwere.

Ähnliche Ereignisse wurden erinnert, wurden auf Fehler befragt, die vermeidbar gewesen wären. Manchmal aber fand sich solch ein Fehler nicht, dann hatte die Natur gesiegt, mehr war dazu nicht zu sagen.

Magda trank nur wenig. Das Gespräch wühlte sie auf. Das Wort Lawine vertrug sie nicht gut, wie am ersten Abend, aber da war noch mehr. Da stieß etwas tief aus dem Inneren herauf: Worte, Satzfetzen, die zu Bildern wurden. Die Bilder hatten alle mit Schnee zu tun, mit Gletschern, Regenwolken, Steinrinnen, Hütten. Sie reichten zurück in jene unschuldige Zeit, in der die Mutter Geschichten erzählte, in der es weder Fernsehen noch Radio gab und Magda und Lynn bei einer Tasse Kakao am Kachelofen gesessen und zugehört hatten. Immer wieder hatte die Mutter Männer beschrieben. Hatte von Freundschaften gesprochen, die der Krieg verschlungen hatte.

Wach tastete Magda die Gesichter ab, suchte nach Spuren, die eine Brücke schlügen zu jener Zeit. Woher ich komme, dachte sie. Die Männer waren jünger. Woher ich komme ... Sie sah Martin. Fragte er sich das nicht?

Zum ersten Mal an diesem Abend bemerkte sie den Hund, der bewegungslos unter der Holzbank lag. Seine Augen waren offen. Ließen Martin nicht los. Sie wußte, daß Hunde aus der Ausdünstung des Körpers die Gefühlslage des Menschen erkennen können. Daß sie sie aufnehmen. Und widerspiegeln. Die große Ruhe des Tieres war verblüffend, eine Ruhe, die nicht Schlaf, sondern Wachsein verriet.

Das griff über auf Magda. Das tat unendlich gut. Im Schutz dieser Gemeinschaft, in der es Fremdheit nicht gab, nicht jetzt, nicht in dieser Situation, begann sich leise eine Blockierung zu lösen, von der sie nichts gewußt hatte, die innere Verkrustung brach auf, plötzlich Gänsehaut und die grelle Erkenntnis, daß sie den Vater suchte, ohne der Mutter wirklich begegnet zu sein.

„Verstehst du den Dialekt?"

Martins Aufmerksamkeit hatte nichts von der insistierenden Neugier, mit der sich einst Klaus-Peter in ihre Gefühle genagt hatte. Sie kam nicht aus dem Kopf. Sie war intim, gerade weil sie die intimen Grenzen wahrte, die jeder Mensch braucht, um sich der Krise zu nähern.

„Nicht alles", gestand sie.

Martin beugte sich zu ihr und faßte einiges zusammen, wobei der Inhalt weniger wichtig war als die Art, wie er mit ihr sprach: er versuchte zu vermitteln, er bezog sie ein, s i e war ihm wichtig, i h r e Anwesenheit, von der sie beide ahnten, daß sie kein Zufall war. Einen Menschen, den man in schweren Stunden begleitet, verläßt man nicht leicht, er öffnet sich, er vertraut. Schutzlos und zum großen Teil unbewußt gewährt er einen Blick in seine kindlichen Muster, ein unverhoffter Vorstoß in den Wesenskern, den der andere nicht mehr vergessen kann.

Noch wußte sie nicht, wie sie den Mann neben sich mit jenem zusammenbringen konnte, der sie in der Hütte auf das Stroh geworfen hatte. Zwischen beiden klaffte ein gewaltiger Riß, und die Tode in diesem schienen weniger frei, sie waren verklemmt, sie saßen darin fest, und der Alte? dachte sie plötzlich, du lieber Gott, zwei Söhne!

Als hätte Martin die Gedanken gespürt, sagte er zu ihr: „Beim Klettern, das ist normal. Damit muß man rechnen. Aber im Futtersilo, das ist wie nebenan, wie im Nachbarzimmer, an das du nie denkst, weil es gar nichts geheimnisvolles hat."
Das Nachbarzimmer! Magdas Blick ging zur Seite. „Gleich beide Jungs. Zieht er sich deshalb so zurück?"
„Wer?"
„Dein Vater."
„Er ist nicht mein Vater."
Da stand Magda auf. Eines der Bilder wurde grell. Wie auch Worte der Mutter: ... Ich mußte weg aus diesem Raum! ... Während Martin auf den Vorschlag der anderen einging, einen gemeinsamen Beileidsbrief zu verfassen, holte sie den Schlüssel und öffnete die Tür.

Ein langer Weg über Platten. Nicht schwer, eher so, daß auch die Frau ihn frei gehen könnte. Sie ist froh darüber. Die große Einstiegsverschneidung ist sie mit zuviel Armkraft geklettert, den Beinen nicht vertrauend, und auch zu schnell. Es ist gut, jetzt noch einmal etwas auszuruhen, sie sind erst zweihundert Meter hoch, und sie braucht jetzt dringend die Gewißheit, daß der Körper nicht ermüdet, daß die Schwierigkeit des Weges den Stoffwechsel in den Muskeln nicht lahmlegen wird.
Der Mann ahnt die Gedanken. „Wie geht's dir?" fragt er.
„Gut."
Er schaut sie aufmerksam an. Ein Lächeln, das noch immer ein wenig klemmt, er kennt sie, sie würde ihm jetzt nicht mehr sagen, wenn sie sich überfordert fühlt. „Ich muß die Jacke ausziehen." Er hält ihr den Rucksack. Sie lacht: „Das bist doch nicht du." – „Warum nicht."

Ihr Rücken ist naß, auch die Stirn unterm Helm, der eng anliegt, nur die Ohren und Schläfen sind frei. Der Mann hat die Knöpfe seines dünnen Hemdes bis zum Nabel geöffnet, sie sieht seinen Bauch: Büsche dunkler Locken auf sehr brauner Haut. Es ist eine sachliche Beobachtung, Schönheit hat hier oben einen anderen Wert. Die Wand enthebt die Dinge ihrer gewöhnlichen Bedeutung, sie fügt sie in die größeren Gesetze rings. Und doch gehört dieser Blick auf seinen Bauch zu den kleinen Details, die sie hierhergeführt haben, und die immer noch, selbst jetzt noch, ein prickelndes Gefühl in die Unternehmung mischen, auf das die Frau anspricht, das sie mehr braucht als Trinken und das vielleicht mehr Kraft in ihr entfacht als der beste Müsliriegel.
Es war der rechte Moment. Sie sind auf dem Dach. Links ein senkrechter Pfeiler, rechts ein tiefer Einschnitt bis zum Gipfel hinauf, noch im Schatten und drohend. Und über ihnen nichts als Wand, Wand.
„Das Wetter hält." Sie berührt diesen Bauch. Wie nebensächlich, flüchtig, doch der Mann reagiert. Er schiebt ihr den Helm ein wenig aus der Stirn und küßt sie ebenso flüchtig auf den Mund.

Die Tür stieß an eine gußeiserne Lampe, das Licht im Raum schwankte, „Entschuldigung - "
Keine Antwort. Es roch nach Farben. Und nach Pfeifenrauch. Sie war zum ersten Mal hier, und doch fühlte sie sich, als beträte sie die Kindheit, scheu sah sie sich um. Der große Holztisch in der Mitte, das Küchenbuffet, der blau und rot bemalte Bauernschrank. Wie oft hatte die Mutter den Ort hier beschrieben, wie oft die stets gleiche Geschichte erzählt.
„Ich habe nicht *herein* gesagt."

Magda fuhr herum. Die Stimme kam aus dem hinteren Winkel des Raumes, der im Schatten des Schrankes lag.
„Würden Sie es denn sagen?"
„Nein."
„Und warum liegt der Schlüssel d r a u ß e n ? Jeder kann herein."
„Vielleicht wird das auch bald notwendig sein. Wenn ich selbst nicht mehr hinaus kann."
Der Alte sprach mit der gleichen Ruhe und Festigkeit wie die Männer nebenan, dieser Ton, dachte Magda, wie lernt man diesen Ton? Sie erkannte die Umrisse eines Sessels, die Hände auf den Lehnen hoben sich hell von der dunklen Umgebung ab.
„Nie tritt jemand durch diese Tür. Wer bist du? Komm her. Ich kenne dich nicht."
Magda trat näher. Er saß wie ein Geist in seiner Ecke, mit weißem Haar. „Aber ich kenne Sie. Schon ziemlich lange."
Er zündete sich eine Pfeife an. Im Schein des Streichholzes war die Nase riesengroß, das Kinn, die Wangenknochen, nur die Augen blieben hinter herabgesenkten Lidern verborgen.
- Es gibt Augen, denen man nicht entkommen kann, hatte die Mutter gesagt, nicht mal, wenn man geht. -
Sie hatte die Mädchen nicht angesehen, ihr Blick schweifte ab, verließ die Stube, schien sogar die Geschichte zu verlassen, bis Lynn gedrängt hatte: Weiter, wie geht's weiter? -
„Gib mir mal die Brille."
Magda sah sich um. Sie hatte sich inzwischen an das schwache Licht gewöhnt, sie fand die Brille auf dem Tisch, neben Töpfen mit Pinseln, neben Papierresten,

Leim und Farben.
- Manchmal ist das Geheimnis ganz nah. Manchmal prägt es den Menschen, den du gut kennst, und plötzlich kennst du ihn gar nicht mehr. - Es war die Besonderheit der Mutter gewesen, daß sie nicht kindgerecht erzählte. Daß sie Dinge aus ihrem Leben reflektierte, die weit über die Erfahrungswelt der Mädchen hinausgingen. Magda, die jünger war, schlief mitunter ein. Ohnehin saß sie oft nur dabei, weil Lynn schon damals begierig war, zuzuhören.
So hatte ihre Erinnerung Lücken. Etwas mußte in dieser Kammer sein, etwas, das die Mutter erschreckt hatte. Das sie weggetrieben hatte von hier, obwohl Magda nicht einmal wußte, wie lange und warum die Frau einst hiergewesen war.
Der Alte schaute sie an. Eine ganze Weile. Magda wendete sich ab, was suchte sie hier. Es war alles unendlich lange her, in der Jugend der Mutter, gleich nach dem Krieg. Selbst wenn die Zeit in dieser Bergregion langsamer zu vergehen schien, wie konnte sie erwarten, noch Dinge vorzufinden, die Antworten gaben. Auf welche Fragen denn?
Sie setzte an zum Gehen, doch etwas hielt sie fest, wie ein schmerzendes Vergessen, das durchbrochen werden wollte.
„Magdalena ...?"
Also er war es, der zuerst sprach.
Er erhob sich, trat ins Lampenlicht, nahm einen Krug, der auf der Anrichte stand und goß zwei Gläser voll. „Preiselbeersaft." Er reichte ihr ein Glas. „Du solltest dich schnell an diese Sachen gewöhnen."
Sie war nicht durstig. Der Saft war kaum gesüßt. Sie erwartete, daß er etwas fragen würde und suchte nach

einem passenden Satz. Ihr fiel keiner ein. Er fragte auch nicht. Er sagte: „Du wirst hierbleiben. – Weißt du das nicht?"

Magda begann zu zittern, ihr Arm sank herab, das Glas fiel aus der Hand und zersprang auf dem Boden.
„Seltsam ..." Der Alte sah verwundert zu, wie sie die Scherben auflas und auf den Tisch sortierte. „Jede Frau, die wichtig ist in meinem Leben, zerbricht etwas."

Magda war den Tränen nah. Auch die Mutter! Auch die Mutter! Also war er tatsächlich der Mann aus der Geschichte, das konnte doch nicht sein, nach so vielen Jahren, einen solchen Zufall gab es nicht. Plötzlich fiel ihr wieder ein, was Lynn damals immer wieder hatte hören wollen von der Mutter. Tonlos sagte sie jetzt: „Sie basteln – Totenköpfe?"

Ein langer, direkter, sehr schwieriger Blick, den die Brillengläser kaum milderten. Dann die leise Frage: „Warum sollte ich das tun?"

Die nächsten zwei Seillängen werden zu jenen, die sie im Nachhinein nicht mehr beschreiben kann. Sie steigt wie automatisch. Fast jeden Zug hat sie ähnlich schon einmal gemacht, und nach der Eingewöhnungsphase verfügt jener Teil des Gehirns, der die Bewegungen speichert, über alle Varianten gleichzeitig. Sie ist ganz bei sich. Nichts lenkt sie mehr ab. Der Mann, der den Steinschlag nicht ausgelöst hat, erhöht leicht das Tempo, er möchte heraus aus der unmittelbaren Gipfelfallinie, irgendetwas gefällt ihm nicht oben in der Wand. Sie paßt sich an. Sie bemerkt es kaum. Sie klettert mit einer still wachsenden Freude und höchster, fast spielerischer Konzentration. Wie die Sonne schon wärmt. Wie die aufströmende Luft die feuchten

Härchen in den Achselhöhlen kühlt. ... Wie Jungtiere ... Wie Neugeborene ... Sie lächelt. Wann ist das gewesen? Gestern? Fern?

Im Regen zwei Punkte. Sie leuchteten rot und gelb. Sie überquerten den einsamen Parkplatz vorm Hotel, der sich zur Straße hin neigte, so daß das Wasser abfloß.
„Was wolltest du bei Schädl?"
„Schädl? Wer ist Schädl?"
„Der alte Mann."
„Heißt er so?"
„Nein."
„Und warum wird er so genannt?"
„Aus mehreren Gründen."
Es war kalt, Magda schob die Hände in die Taschen.
„Also was?" Er war unruhig.
„Ich weiß es nicht. Meine Mutter war mal hier. Sie hat uns immer davon erzählt."
„Hast du ihm das gesagt?"
„Nein ... nein..."
„Ihr habt also nicht über deine Mutter gesprochen?"
„Nein. – Was ist denn? Du tust ja so, als dürfte ich das nicht."
Martin antwortete nicht, er ging nur schneller, er sprang über die Straße und verschwand hinter Bäumen.
Also gut, Magda würde ihn später fragen, er war schlecht gelaunt, sie hatte das schon bemerkt, als er ihr die Tour vorgeschlagen hatte. Vielleicht brauchte er Bewegung, vielleicht tat ihm das gut, der Tod seines Freundes ging ihm sehr nahe.

Sie bewegten sich abwärts, zwischen dem Hotel und den Südwänden lag noch einmal ein verlassenes Tal. Der Boden war glitschig. Magda verkrampfte bei jedem Schritt. Vor ihr die blau-gelbe Jacke als Beweis, daß sie tatsächlich dem Mann folgte, der damit die berüchtigtste Alpenwand durchstiegen hatte. Das zog wie ein Magnet. Das verlieh ihr Kraft. Magda war geschaffen für Bewunderung, sie gehörte zu jenen Frauen, die das durchaus als Gefahr erkennen und es dennoch lieben, Faszination rangierte vor Sympathie.

Wenn er nur nicht so schnell ginge. Sie kam kaum hinterher. Ein Ehrgeiz, den sie als solchen nicht erkannte, setzte sie unter Druck, aber es war auch mehr, es war genau jene Herausforderung, die ihr zuhause seit langem fehlte, um die sie Lynn beneidete in ihrem Metier. Der Regen war kalt. Dennoch schwitzte sie. Sie hatte es sich anders vorgestellt, eher wie einen Spaziergang, es war doch immerhin ein Weg, es gab Almwiesen rings und den Bach und Bäume und keinen Grund zum Hetzen, und vor allem hatte sie seit der vorgestrigen Nacht das Bedürfnis nach Nähe, vielleicht, um ihn zu trösten, und jetzt lief er davon.

Auf der Talsohle staute sich Nebel und versperrte den Blick auf die tausend Meter aufragenden Gipfel, ein allerletztes, wie gnädiges Verhüllen. Martin war schon am Bach. Er wartete nicht. Magda wollte ihn einholen, doch es ging steil bergan, schon nach wenigen Schritten wurde ihr Atem knapp.

Sie blieb stehen. Sie rief.

Er reagierte nicht.

Magda sah ihm nach, und eine innere Kälte ergriff sie, sie existierte nicht für ihn.

Als er sich schließlich umschaute, ging sie gleichmäßig weiter, aber sie war verändert jetzt. Keinen Blick für die Landschaft, keine erinnernden Gedanken an den gefühlvollen, trauernden Mann - nur noch steigen, steigen. War das wirklich alles? Reduzierte sich jetzt das ganze Erlebnis auf dieses kraftraubende, monotone Setzen der Füße, spürte sie nur die schmerzende Muskulatur und das Stechen hinterm Brustbein, was zum Teufel tat sie hier?

Sie achtete jetzt darauf, stärker ein- als auszuatmen, und im Rhythmus der Schritte dachte sie: Ausdauer ... Kraft ... Selbst wenn in ihr noch Raum für anderes gewesen wäre, wie konnte sie begreifen, was geschah? Daß sie bei ihm sein wollte? Daß ein Sog sie mit ihm zog, der sie unausweichlich in die Erschöpfung treiben würde

Irgendwann nur noch Körper. Irgendwann nur noch Not, und als der Nebel aufriß und sie links die Hütte sah, wußte sie, es war vorüber, sie hatte es geschafft, gleich wären sie im Trocknen, gleich gäbe es Tee. Aber kurz vor der Hütte bog Martin ab, nach oben, obwohl man dort gar nichts mehr sah. Entsetzt blieb Magda stehen. Sie brauchte eine Rast. „Was ist?" rief Martin, es klang sehr schroff, und Magda wechselte die innere Person. Sie war das Kind, das keinen Vater hatte, selbst Lynn hatte einen, nur sie nicht, und das war einzig ihre Schuld, sie war nicht hübsch, sie hatte keine Haare, sie war nicht gut genug.

Das verzweifelte Kind trieb Magda bergan. Die Atemnot zählte nicht, vor ihr ging ein Mann, der Außergewöhnliches geleistet hatte. Er prüfte sie. Er hatte dazu ein Recht. Er wollte wissen, was sie taugte, und sie mußte es beweisen, sie konnte nicht versagen, weil an dieser Stelle ihres Lebens der Mut zum Scheitern aufgebraucht war.

Sie gingen auf einem Grat. Der Wind jetzt Sturm. Durch eine Scharte schoß der Regen waagerecht heran, ging über in Schnee, Magdas Jacke gefror und klebte an ihr wie eine eisige Haut. Seitlich turmhohe Felsen. Sie boten etwas Schutz. Magda zog die Kapuze fester und wollte noch einen Augenblick verschnaufen, aber Martin verschwand bereits wieder in den Flocken, die die Sicht versperrten, wohin führte der Weg, fände sie allein zurück?

In einem Anfall von Trotz und Selbsterhaltungstrieb kehrte sie um, doch sie spürte die Höhe, und sie fühlte sich schwindlig, das machte ihr Angst. Der Sturm war so stark, daß er Unterdruck erzeugte, der Körper reagierte, als wäre er tausend Meter höher.

Martin suchte sie jetzt. Er war plötzlich erwacht. Er wußte nicht, wo er gewesen war, er wußte nur, daß ein ungeheurer Schub von Energie ihn vorangepeitscht hatte, wie besinnungslos, wie unter Einfluß von Drogen. Als er Magda erreichte, ging es ihr so schlecht, daß er sofort die Gefahr erkannte. Er sprach beruhigend zu ihr. Legte die Arme um sie. Sie müßte sich erholen, sie war ausgepumpt, doch der zweite Feind hieß Kälte, keinesfalls durften sie längere Zeit hier stehenbleiben.

In diesem Moment krachte es unter ihnen, genau aus der Richtung, aus der sie gekommen waren: ein Lärm, dumpf und drohend, vermischt mit grollendem Poltern, „Lawinen", sagte Martin, „sie reißen Steine mit."

Sie konnten den abgeflachten Gipfel nicht mehr

sehen, dessen Ostwand sich neigte und in die Tiefe hinabtanzte, direkt über dem einzig begehbaren Weg. Magdas Unruhe wuchs. Ein Schneesturm ..., dachte sie, oder eine Lawine ... – er hält wirklich Wort.
„Wir müssen weiter."
„Zurück?"
„Das geht jetzt nicht mehr."
„Ich will endlich raus hier!"
Er sagte mit Nachdruck: „Diese Schneerutsche kommen in kurzen Abständen."
Magda nickte, sie hatte keine andere Wahl, sie hätte auch keine Kraft gehabt zu widersprechen. Ihr Körper war vor Kälte ohne jede Spannung, jeder Schritt eine einzige Wackelpartie. Martin hörte ihren pfeifenden Atem und zog sie eng hinter sich her, um sie vor dem Wind zu schützen. Der war ohne Gnade. Die Gesichtshaut schon Eis. Der Weg führte in Serpentinen aufwärts, durch eine breite Schlucht, die viel Angriffsfläche bot. Martins Hoffnung war die oberste Wand, sie böte Schutz. Er wußte zwar, daß sie dort klettern mußten, aber nicht sehr schwierig, außerdem war der Steig mit Drahtseilen und Eisentritten versichert.
War er zu spät erwacht? Magda weinte jetzt. Sie hatte keine Reserven mehr, und Martin kannte die verhängnisvolle Kombination von Erschöpfung und Kälte. Seine Sorge wuchs. Er erwog, sie zu tragen. Er schaute sich zwischen den Felsblöcken um nach einem Platz zum Rasten, der Wind pfiff überall hindurch.
Also weiter. Magda umklammerte die Griffe. Ihr war plötzlich klar, daß sie zur Seilbahn aufstiegen, wieso hatte er ihr das nicht gesagt? Es hätte sie beruhigt, sie

brauchte ein Ziel, die Aussicht auf etwas, das Sicherheit bot. Mit der linken Hand hielt sie sich am Drahtseil fest, die rechte gab sie Martin, der energisch daran zog.

Doch der Weg nahm kein Ende. Hinter jeder Kante baute sich ein neuer Felsrücken auf. Nie wieder! dachte sie. Dieser Kerl bringt mich um. Wenn wir heil unten sind, fahre ich sofort heim, das Fotolabor ist wenigstens warm.

- Achten Sie darauf, mit wem Sie die ersten Touren machen ... - Hatte Schädl sie nicht gewarnt?

Stumpf vor Verzweiflung und irgendwann nur noch imstande, die Beine zu setzen – rechten Fuß hoch – belasten – aufrichten – linken - ... dabei immer das Gesicht wenigstens soweit abgewandt, daß der unerträgliche Wind nicht von vorn in sie schnitt, erreichte sie endlich hinter Martin den Gletscher, das Gelände wurde flach, fiel seitlich leicht ab, und diesmal weinte sie vor Erleichterung.

Hüfthoch wirbelnd der Schnee. Sie standen wie amputiert. Es war nichts zu sehen, und wenn sie den Blick von Martin nahm, verlor sie nicht nur die Orientierung, auch der Gleichgewichtssinn versagte sofort, kein Oben, kein Unten, kein Fixpunkt für die Augen, trotz des festen Grundes kippte Magda einfach um.

Martin half ihr auf. Sie krallte sich in seine Jacke. Ihre Nerven lagen blank und entfachten jenen Scharfsinn, der der äußersten Hilflosigkeit entspringt. „Du wolltest das so! Du suchst die Gefahr! - Denkst du, das bringt dir Christoph wieder zurück! - Oder deine Brüder!"

„Drehst du jetzt völlig durch?"

„Eine kuschlige Lawine! Die findet sich sicher noch! Von mir aus stirb! Aber ohne mich!!"

Sie riß sich plötzlich los und stolperte seitwärts, „Nicht dorthin!", schrie Martin, doch sie stieß ihn weg. Auf Knien kroch sie weiter, ohne zu bemerken, daß der Schnee sich über den Fels hinaus ins Leere bauchte. Martin warf sich auf sie. Hielt sie an den Beinen fest. „Runter von der Wächte! Sie bricht ab! Zurück!"

Magda schlug wild um sich. Eisern hielt Martin sie. Er zerrte sie weg, sie sackte plötzlich zusammen, ihr letzter Rest Energie war aufgebraucht.

Jetzt trug Martin sie tatsächlich. Sie schien ganz leicht. Sein Körper wurde drahtig und entfaltete Kräfte, als gälte es, all die Toten mit zu retten.

Dann endlich die Gondel. Sie fuhr sofort los. Sie stieß hinein in den aufwärts schießenden Schnee und glitt wie im freien Sinkflug bergab, weder Seil noch Masten waren zu sehen. Magda wich Martin aus. Sie war zu sehr ernüchtert. Sie hatte sich ihm anvertraut und war nicht nur gequält, sondern auch ernsthaft gefährdet worden. Sie verstand Martin nicht. Er war doch erfahren. Er hatte soeben seinen Freund verloren, mußte das nicht zu größter Wachsamkeit führen?

Martin stand mit gesenktem Kopf am Fenster, eine ungeheure Anspannung in der Brust. Die Fahrt schien endlos. Das Schweigen schlimmer als Streit.

„Es tut mir leid", sagte er.

„Ich fahre morgen heim."

Er nickte, er hatte es bereits gewußt. Er sah Magda nach, wie sie in den Regen ging, mit steifen, sichtlich schmerzenden Gliedern. Er haßte dieses Wetter. Sechs

Monate im Jahr preßte es ihn in die Kälte, doch diese Kälte war nichts im Vergleich zu dem Frieren, das er jetzt empfand.

Achtzig Meter sind sie jetzt über dem sogenannten Dach, und der senkrechte, glatte, von Wülsten durchzogene Fels über ihnen zwingt sie, auszuweichen. Links führt der Weg zu einer Höhle, rechts ziehen drei schmale Bänder schräg nach oben.
Sie begehen das mittlere. Nur der Mann weiß, warum. Die Frau bemerkt es erst, als nach etwa dreißig Metern das Gestein über ihr so tief herabhängt, daß sie auf allen Vieren kriechen muß. Es ist unangenehm. Links außen am Knie spürt sie Schmerz, wenn sie es beugt, und die rechte Körperhälfte ragt über einen vierhundert Meter tiefen Abgrund. Warum hat er dieses Band gewählt? Kaum jemand geht es mehr. Die Erstbesteiger haben es mit einem Ruhm umgeben, der der Frau jetzt mehr Respekt einflößt, als sie brauchen kann.
Das Band ist unterbrochen. Wo sie eben noch Platz in einer Art Nische gefunden haben, ist plötzlich nichts mehr, keine Leiste, kein Riß. Außerdem bewegen sie sich quer über die Wand, statt von oben kommt das Sicherungsseil von vorn. Wenn die Frau fiele, würde sie meterweit pendeln, ein Sturz, den man schlecht kontrollieren kann. Meist dreht sich der Körper. Schlägt gegen den Fels. Kein Bergsteiger liebt es, ins Querseil zu fallen, und der Mann weiß genau, wie sehr sie es fürchtet.
So steht sie. Beunruhigt. Durch das Zögern wird ihr die ungeheure Ausgesetztheit bewußt, sie fühlt sich blockiert, eine lähmende Beklemmung friert selbst die einfachsten Bewegungsmuster fest. Ihr Blick kreist die Wand vor ihren Augen ein, tastet sie nach Griffen ab, entgleitet in die Tiefe. Ihre Panik wächst. Raus hier! In den Fluchtweg! Doch die einzige Stelle,

an der sie noch in den leichteren Weg hätten wechseln können, liegt unter ihnen, genau ein Band tiefer.
Er weiß das! Er hat sie dieser Möglichkeit beraubt! Er hat ihr den Rückweg abgeschnitten, ihnen beiden, er hat sie nicht einmal gefragt.
Nicht daß sie sich entschieden hätte für das Ausweichen, sie hat nicht einmal daran gedacht. Der Unterschied besteht einzig darin, daß sie jetzt gar nicht mehr entscheiden kann, und das bringt sie auf.
Hat sie es nicht gewußt? Hat sie nicht gewußt, daß sie auf sich achten muß, hat sie nicht immer wieder Meter für Meter die Wand studiert? Sie hätte merken müssen, daß der Weg vom Dach bis zum Einstieg ins Band viel zu lang gewesen ist, daß sie das untere längst passiert haben. Sicher, leicht ist auch das nicht zu klettern, doch jetzt, im Nachhinein, glaubt sie, daß sie erst an dieser Stelle, erst am Ausgangspunkt des Fluchtweges, die allerletzte Entscheidung für sich getroffen hätte.
Hat der Mann das befürchtet? Hat er ihren Zweifeln rigoros die Nahrung entziehen wollen?
„Du kannst das."
Sie hört, daß er glaubt, was er sagt. Sie schätzt die Seillänge ab. Wie weit sie fiele, falls sie fiele. Dann die ersten, tastenden Bewegungen.
„Warum sind wir nicht das andere Band gegangen?"
„Du hättest dich geärgert."
„Woher weißt du das?"
Seine Sicherheit macht sie rasend. Doch zu ihrer Überraschung verleiht ihr genau diese Wut den Biß, die Stelle anzugehen. Vorsichtig richtet sie sich auf, wobei die überhängende Wand sie gegen den Abgrund drängt. Dann spreizt sie langsam mit dem rechten Fuß abwärts auf eine kleine, rauhe Wölbung im Fels. Nur die Fußspitze findet Halt. Das linke Knie ist tief gebeugt

und drückt sich gegen das Gestein, um den Körperschwerpunkt so nahe wie möglich an der Wand zu halten. Die linke Hand hat einen Griff. Die rechte hingegen sucht.
„Da ist nichts. Du mußt dich aufrichten auf dem linken Bein."
„Wie denn?"
„Tu's einfach. Dann das Gewicht nach rechts."
„Ich hab Angst! Mich drückt's raus!"
„Stell dich auf das Bein!"
Er sieht, daß sie sich nicht mehr halten kann. Sie zögert, bis sie keine Wahl mehr hat. Das linke Bein schlottert. Sie verbraucht unendlich viel Kraft. Dann tut sie die Bewegung, es wäre ohnehin wichtig, sich beim Fallen in die Seilrichtung abzustoßen, doch sie fällt nicht, sie erwischt mit der rechten Hand einen Griff, klein und rund, „Noch ein Stück!", sie greift nach und hat endlich soviel Halt, daß sie mit den Füßen zur Fortsetzung des Bandes hinübertreten kann.

Zuerst klopfte er leise. Magdas Zimmer lag am Ende des Ganges, und er wollte nicht von Gästen gesehen zu werden. Drinnen kein Laut. Er klopfte etwas stärker. Als sich wieder nichts rührte, drückte er auf die Klinke, sie gab nach, die Tür war nicht abgeschlossen.

Magda saß in einem Sessel, frierend, blaß.

Er trat heran, und wie jede Frau, die verletzt worden ist, brauchte sie den Trost einzig von dem, der es ihr angetan hatte. Nur er konnte mildern, zurücknehmen gar, nur er konnte ihr helfen zu verstehen, wie es dazu gekommen war.

Martin spürte das. Es machte ihn sicher. Er zog ihr die Jacke aus, sie ließ es geschehen, nach dem Schock, den die Todesangst ausgelöst hatte, war sie schnell bereit,

Fürsorge anzunehmen.

„Du mußt heiß duschen."

„Geht nicht. Ist kaputt."

„Dann komm mit zu mir."

Sie blieb sitzen und schwieg.

„Also gut, ich weiß was." Er ging hinaus in den Flur, hob eine große Pflanze aus ihrem Übertopf, kam mit diesem zurück und füllte ihn mit heißem Wasser. Magda mußte lächeln. Er zog ihr die Schuhe aus. „Deine Sachen sind dicht, du bist trocken, nur sehr kalt." Er streifte ihr die Leggins von den Beinen, hob sacht ihre Füße ins Wasser und deckte die sofort mit Gänsehaut überzogenen Schenkel mit einem Handtuch zu, das er zum Anwärmen auf die Heizung gelegt hatte. Erst dann zündete er sich eine Zigarette an.

„Du darfst so nicht fahren."

Ihr Gesichtsausdruck verriet, daß sie bei ihrem Entschluß bleiben wollte.

„Wenn du jetzt fährst, bleibt Angst, die irgendwann so groß wird, daß du vielleicht nie mehr in die Berge willst. – Ich möchte daran nicht schuld sein."

„Und d e s h a l b soll ich bleiben?"

„Nein. Deinetwegen. Es geht um dich."

Sie sagte ruhig: „Das fällt dir spät ein."

„Frag mich nicht, warum. Ich war brutal zu dir."

„Ich frage dich aber."

Er kam ins Schwanken, langes Reden lag ihm nicht, er fühlte sich elend, doch es gab nur diese Chance, sie würden sonst Feinde. „Du machst mich nervös."

„Warum?"

„Ich kenne mich selbst nicht mehr."

Diese Worte hatte er nicht sagen wollen, schon

zingelte das nächste Warum ihn ein. „Ich weiß nicht, was du willst. Vom ersten Tag an nicht. Du hast gesagt, du liebst die Berge. Woher weißt du das? Du suchst deinen Vater, aber zum alten Schädl gehst du, weil deine Mutter hiergewesen ist." Er wollte sich bremsen, das war jetzt nicht gut, es würde sie sicher noch mehr verletzen, doch nach der gemeinsam überstandenen Gefahr war kein Platz mehr für Halbheiten, er wollte wissen, wer sie war. „Das ist ziemlich durcheinander, findest du nicht?"

Es war ein Angriff. Sie könnte es so sehen. Sie könnte sich wehren und Martin sagen, daß ihn das nicht im geringsten beunruhigen würde, wenn er selbst Klarheit hätte in seinem Leben. Das wäre dann vielleicht das Ende des Gesprächs. Sie wollte kein Ende. Der da vor ihr war jetzt stark. Wie viele Male hatten Lynn und sie den Traummann ersonnen auf nächtlichem Balkon. Zärtlich sollte er sein, erotisch und souverän, und vor allem in der Lage, eine Frau zu s e h e n , in all ihrer schwierigen Unwägbarkeit. Sah er sie jetzt nicht? Hielt sie etwa nicht aus, daß er tatsächlich so war, wie sie es wünschte? „Du hast recht", sagte sie.

Es war wie ein Absprung. Es war wie der Schritt in den freien Fall, die Anspannung wich aus dem Kopf, aus den Gliedern, sie nahm die Füße aus dem Wasser, Martin griff sofort zu und trocknete sie ab, jetzt völlig verwirrt. - Schlaf mit mir, deshalb bist du doch hier ... - Er hatte es gesagt in der ersten Nacht und nicht herausfinden können, ob es stimmte. Jetzt könnte er es, jetzt hatte sie sich ergeben, nicht nur geistig und körperlich, wie die Wirkung seiner Fußmassage auf sie ihm verriet, sondern auf einer tieferen, subtileren

Ebene, mit der er noch nie in Berührung gekommen war.
Er begann, sie zu küssen. Kein Wort paßte jetzt. Es war ein Versprechen, weitab von jenem ruhelosen Inbesitznehmen, mit dem er bislang Frauen erobert und wieder freigegeben hatte.
Er schlief nicht mit ihr. Sie fühlte sich nur beschützt. Sie mußte sich vergewissern, daß sie nicht in einem längst vergessenen Flußbett lag und der Mann neben ihr aus Fleisch und Blut war, sie hätte ihn gern behalten.
Aber Martin ging. „Fahr", sagte er, und es war sehr viel Wärme in seiner Stimme. „Fahr. Und komm wieder."

Die Erde flach, die Autobahn wie eine Ameisenstraße bis zum Horizont, blendendes Strömen in einem Mittagslicht, das zu weiß war für Flucht und zu diffus für Heimkehr.
„If I could turn back ..." – mit einer müden Bewegung schaltete Magda das Radio ab. Nicht denken. Nur fahren, nur die Augen halbwegs wach auf die Bremslichter des Fahrzeuges vor ihr gerichtet.
In ihr unsortiert die Bilder der vergangenen Tage, die Stimmen, Gesichter, Berührungen. Was war das gewesen, in knapp zwei Wochen war ihr eine fremde Welt begegnet, ließ die Sinne explodieren, ihre Haut riß von innen. Das Erlebte war so dicht wie undurchdringlich, als müßte es sich vor ihrem Zugriff schützen, vor Zweifeln und analysierenden Gedanken.
Das Auto schirmte Magda wohltuend ab. Es ermöglichte ihr einen schonenden Übergang ins kantige

Deutsche, ließ sie noch ein wenig der weicheren, musikalischeren Sprache nachhören. Manchmal, wenn der Verkehr etwas gleichmäßiger floß, gewannen einzelne Bilder an Raum, drängten sich in den Vordergrund, belebten Magdas Gesicht. Sie erinnerte sich an die Farben der Berge, ihr Spiel mit dem Licht, ihre Unberechenbarkeit. Sie sah Martin, wie er aus dem Wasser stieg, voll gleißender Tropfen, die Haut kupferbraun. Sein biegsamer Körper fügte sich harmonisch in den welligen, durchgrünten Hintergrund - gesammelter Ausdruck der Schönheit dieser Region, aber ebenso wie sie wandelbar und gefährlich. Denn da war auch der andere Martin gewesen, seine verschneite, harte, fordernde Gestalt hatte sie mit einer grimmigen Macht konfrontiert, die sich nicht auslöschen ließ und die sie auch nicht mit bloßem Entsetzen unfruchtbar machen durfte.

Sie sah die Autoschlangen. Überall Hektik, Streß. War ihr stumpfes, kontrolliertes, gepreßtes Leben in der Stadt jetzt zu Ende, und wenn ja, was kam danach? Konnte sie zurück hinter die Begegnung mit Martin?

Sie hatte für kurze Zeit eine Sphäre betreten, in der die Dinge des Alltags seine Spuren trugen. Sie hatte ihn trauern sehen. War in Tode eingeweiht. Überall spürte sie unsichtbare, feste Fäden, wie das Netz einer Spinne, in das sie geraten war. Aber wer saß im Zentrum? Martin? Schädl? Was hatte sie mit diesen Menschen zu tun?

Magda fuhr auf einen Parkplatz, sie war nicht mehr imstande, die Augen noch länger offen zu halten. Die Luft! Sie war so stickig. Und irgendwie auch schwer. Magda konnte gerade noch etwas trinken und an Lynn mailen, daß sie bald zuhause sei. Dann öffnete sie das Fenster und schlief sofort ein.

***Im** Helm sind Löcher. Sie dienen der Lüftung. Der Wind klingt dadurch heulend wie in einem Schornstein, kurze Böen sogar wie fernes Donnergrollen.*
Die Farben der Helme locken Wespen an. Sie begleiten sie seit ihrem Einstieg und scheinen in große Höhe folgen zu können. Anfangs hat ihr Summen die Frau gestört. Jetzt hört sie es kaum noch. Bis zu dem Moment, da sie auf der Kopfhaut ein Kriechen bemerkt. Sie gerät in Panik. Sie fühlt, wie das Tier sich einen Weg durch das Haar bahnt, was aussichtslos ist, deshalb wird es gleich stechen, die Frau atmet tief durch und versucht, den Druck auf die Füße zu verstärken. Sie will die Hände frei bekommen. Sie ist allergisch. Sie darf nicht gestochen werden, sie muß den Helm absetzen und die Wespe loswerden, doch es drängt sie aus der Wand, und so greift sie wieder zu, sie kennt den Mann, und sie will nicht noch mal, nicht aus solch einem Grund, loslassen. Er ist ein harter Lehrer. Er hat sie oft geprüft. Auch wenn sie nur nachsteigt und nicht fallen kann, in einer solchen Wand weiß man nie, was geschieht, und sie will, daß auch er sich auf sie verlassen kann.
Unter unsäglicher Anstrengung beherrscht sie deshalb ihre Angst und klettert die Passage schnell und sicher aus. Dann nur noch Hektik. Sie reißt den Helm vom Kopf. Sie schüttelt ihr Haar, und der Mann begreift sofort, kämmt mit den Fingern hindurch und befreit das Tier. Ein kurzes Danke. Die Anspannung weicht. Sie lehnt sich an den Fels und versucht, sich zu beruhigen. Unten saugend die Tiefe. Dann fällt ihr Blick auf den Mann, der sie wortlos noch immer geduldig sichert, da sie selbst es jetzt doch vergessen hat.

„Also wie heißt er?"

„Wieso *er?*"

„Sag mir nicht, daß da nichts war. Ich seh doch deine Augen."

Magda senkte kokett den Blick, dann lachte sie. „Bin ich froh, daß es dich gibt!"

„Hast du mit ihm geschlafen?"

„Ich wußte, daß du das fragst."

„Und? Hast du?"

„Nein."

„Das ist gut." Energisch deckte Lynn den Gartentisch, die Tassen klapperten, die Bestecks ebenso.

„Was ist denn mit dir? Du wirkst – überdreht."

„Ach ich weiß auch nicht. Ich habe mir Sorgen gemacht. Da fährst du einfach weg, noch dazu so weit, und gleich ist da wieder so ein Kerl."

„Martin ist kein Kerl."

„Willst du Himbeermarmelade?"

„Außerdem bist d u doch die meiste Zeit weg."

Mit Lynn zu frühstücken war ein Sonntagsgeschenk, man durfte nur nicht allzu hungrig sein. Blumen auf den Tisch, Servietten falten, Obst schneiden und in kleinen Schälchen anrichten, den Juice frisch pressen, die Brötchen backen, das alles brauchte Zeit, und Magda rührte sich inzwischen einen löslichen Cappuccino an.

Sie hielten den Herbst in Lynns Hof gefangen. Die Scheune, der Stall, das kleine Wohnhaus, eine Mauer, und im Innenraum, windgeschützt, unendlich viel Kram, Strohpuppen, leuchtende ausgehöhlte Kürbisse mit phantasievollen Gestecken aus Getreide und Laub. Und überall Kränze, Körbe voller Obst, Ge-

würze, die zum Trocknen aufgehängt waren.
Magda streckte die Beine unter den Tisch. Die Schwalbennester waren verlassen. Die Katze lag zusammengerollt in einem Karren, zwei tote Mäuse daneben, in Lynns Holzpantoffeln.
„Dieses dumme Vieh denkt, es macht mir eine Freude, wenn es mir die Mäuse in die Schuhe legt."
„Sie hält nur an ihren Gewohnheiten fest, insofern paßt sie zu dir, sie hat Persönlichkeit."
„Hirn wäre mir lieber."
„Was bist du denn so giftig?"
Endlich setzte sich auch Lynn. Alles war perfekt. Selbst das Teelicht im Stöfchen brannte ruhig vor sich hin, es war windstill im Hof und angenehm warm.
„Liebst du ihn?"
Magda sah auf das Ei, das sie schälte, und sie könnte noch stundenlang schälen und der Frage nachsinnen, sie wußte es nicht. Sie suchte nach Worten, um ihn zu beschreiben, aber wer war Martin, warum fiel es ihr so schwer, die Begegnung zu schildern, was verwirrte sie so?
Je länger Magda sprach, um so stiller wurde Lynn. Dann holte sie Cognac, noch immer still.
Sie goß ein. Sie trank. Sie wirkte jetzt klein. „Du wirst weggehen", sagte sie resigniert, „und du weißt es."
„Das hat Schädl auch gesagt."
Magda rührte in ihrem Kaffee herum, sie liebte es, etwas Kakao hineinzutun, und selbst daran hatte Lynn gedacht. Am Himmel Graugänse. Ein melancholischer Gruß. Magda wußte, wie schnell Lynn abstürzen konnte, wenn ein geliebter Mensch sie verlassen wollte.

„Was will ich denn dort?" Sie mußte sie beruhigen.
„Du gehörst dahin." Lynn schonte sich nicht.
Ohne daß sie es merkte, zwang sie Magda in die Lüge, ihre Angst nahm der Freundin die Offenheit. „Es war nur ein Urlaub. Es ist nichts passiert. Diese Menschen waren freundlich, nicht weniger, nicht mehr. Und Berge gibt es nicht nur in Österreich."
Es war Verrat an Martin. Es tat ihr weh. Sie suchte innerlich Worte der Entschuldigung, konnte aber keine finden, und was änderten sie schon?
Sie fragte Lynn nach Schweden. Am liebsten ginge sie. Doch die Möglichkeit, einfach wegzulaufen, hatten sie sich vor langer Zeit genommen, in einer Winternacht, als Magdas Mutter noch lebte:
Plötzlich hatte Lynn vor der Tür gestanden, durchnäßt und verzweifelt: - Ich weiß, es ist spät, nur fünf Minuten, b i t t e ! - Gut. Komm rein. - Die Mädchen schlichen durch den Korridor, von Lynns Anorack tropfte lautlos das Wasser. - Zieh dich erstmal aus. Du holst dir ja den Tod. - Das wär vielleicht das beste. - Was redest du denn da?! - Magda nahm eine Trainingshose aus der Kommode, Unterwäsche und Pullover. - Er ist wieder betrunken. Er hat seine Geige irgendwo liegenlassen, und jetzt soll ich sie suchen. - Mitten in der Nacht? - Ich muß weg von zuhause. - Wo willst du denn hin? - Ich weiß es nicht ... - Nervös rieb Lynn ihren rotgefleckten Hals. - Wenn ich ohne die Geige nach Hause komme, erschlägt er mich. - Magda zog sich an. - Was machst du? - Suchen. Schlaf inzwischen ein bißchen. - Und wenn du sie nicht findest? - Ich finde sie. -

Nachdenklich jetzt, schloß Magda die Augen und hielt sich ebenso wie Lynn am Frühstück fest. Tatsächlich hatte sie die Geige gefunden. Lynns Vater aber ging. Er zog zu einer Frau in einer anderen Stadt und ließ Lynn zurück, sie war in der zwölften Klasse. Die Wohnung war das einzige, was ihr blieb, ein großer Wert in dem mangelhaft bebauten Land. Doch sie lernten sie erst schätzen, als Magdas Mutter starb und sie ihnen Schutz bot wie eine Höhle.

Die gleichen Erfahrungen banden sie aneinander. Um den Preis ihres jugendlichen Charmes begleiteten sie sich durch die Schwächen, die folgten, versuchten zu lernen und konnten doch lange den Einstieg ins Erwachsensein nicht finden. Die frühen Spiele gingen verloren, das Lachen vergreiste, Ängste nahmen überhand. Lynn stürzte sich in den Beruf, als könnten fremde Geschichten ihre Unruhe heilen. Unter all den Menschen fühlte sie sich manchmal leicht – nein, sie selbst hatte keine Geschichte.

Magda begann, Kostüme zu entwerfen. Sie ging zur Oper. Sie arbeitete gut. Sie erkannten beide nicht, daß sie im Grunde nur Verkleidungen suchten: das ideale Gewand, vor dem das Leben sich verneigte, in dem es sich zwingen ließe: in die helle, heitere Gestalt.

Die zwei Zimmer ihrer Wohnung wurden beide dominiert von zerknüllten Papieren, Lynn suchte die Worte, Magda Farbe und Form.

Daß sie noch etwas suchten, merkten sie erst, als sich neben den Papierresten Weinflaschen reihten.

Also gut: einen Mann.

Sie griffen beide daneben.

Lynn erlag schönen, schillernden Fassaden, Künstlern zumeist, von denen sie im Voraus zu wissen glaubte, daß sie nicht bei ihr blieben, Magda griff die Rolle der Mutter auf: warten, verzichten, sich belügen, wieder warten. Die Jahre wurden zu herbstlichem Laub, das leise und stetig zu Boden glitt. Noch war es saftig, noch leuchtete es. Aber mit jedem Jahr, das sie sich am Ufer des Baches darauflegten, zeichneten die Steine darunter heimlich Altersrillen in ihre Rücken.

„Willst du auch einen?"
„Ja."
Lynn goß Magda ein und sah die Freundin an wie ein erschreckter Vogel.
„Ich gehe nicht weg." Magda mußte es sagen. Sie fühlte sich wie in einem runden Käfig, so schnell sie auch trat, sie blieb immer unten. „Also wirst du jetzt bergsteigen?" Die Frage war ein Stachel. Lynn stieß ihn bewußt ins eigene Fleisch.
„Mit sechsundvierzig?"
„Warum nicht? Ich habe schon mehrfach Frauen interviewt, die älter waren als wir und in einem Sport, an den sie nie gedacht hatten, neuen Lebenssinn fanden."
„Keine schlechte Idee."
Entschlossen begann Magda, den Tisch abzuräumen. Lynn sah traurig zu, was sollte sie tun? Die Muster ihrer Freundschaft lagen seit langem fest: zuhören, aufbauen, auch den eignen Kummer zeigen. Aber keine durfte je der anderen gestatten, sie herabzuziehen, wenn sie am Auftauchen war.

Solange sie in der Sonne sind, ist jeder Zug Tanz, der Körper ist verliebt in die aufgewärmte Wand, die anziehend wirkt wie ein lebendiger Bauch und Geborgenheit verheißt. Dann plötzlich Schatten. Er löst Beklemmung aus. Nächtelang

hat die Frau die schwelende Angst vor den langen Kaminreihen zu bändigen versucht – lotrechte Schluchten, mit drei Metern zu breit, um sich an beiden Seiten abzustützen.
Der Mann steigt weiter. Ruppiger Wind stößt herauf. Für einen Augenblick hat er geglaubt, Stimmen zu hören, weit oben im Kamin, doch jetzt ist es still, auch kein Klirren und Klicken von Karabinern, keine Seilkommandos, sie sind allein in der Route.
„Nachkommen!" Vom Standplatz aus beobachtet er die Frau. Ihre Bewegungen sind genau, an den schwierigen Stellen muß sie jetzt suchen, die Griffe sind klein, sie setzt an, weicht zurück, sucht eine neue Sequenz. Manche Wandstellen sind naß. In einigen Griffen Eis. Ihre Fingerspitzen sind gerötet vor Kälte, doch sie lacht, und ihre Freude steckt ihn an.
Was kann sie noch aufhalten? Gut die Hälfte der Wand liegt schon unter ihnen, bald tauchen sie ins Licht. Dann werden sie rasten und etwas trinken und den Ausblick genießen, und er wird ihr erzählen, warum er genau diesen Weg mit ihr gehen wollte.
Da trägt der Wind von schräg unten Schreie herauf.

Sie mied die Stadt. Sie schlief nachts sehr spät ein. Sie wanderte durch die verlassenen Betten der Wohnung, und manchmal kam es vor, daß sie den großen, weichen Stoffhund der Tochter mit herumschleppte, nur um etwas zu umarmen.
Wenn das Telefon klingelte, versuchte sie, der einen oder anderen Freundin zu erzählen, was sie erlebt hatte, und merkte oft nicht, daß sie ihre Begeisterung nicht teilen konnten.
Sie räumte die Wohnung um. Strich den Balkon hellgelb.
Sie kaufte sich seidene Unterwäsche, die erste in ihrem

Leben, Klaus-Peter hatte sie in weiße, kindliche Baumwolle gesteckt, er war vierzehn Jahre älter, er hatte Söhne, keine Tochter.
- Es sind unsere Väter, hatte Lynn gesagt, wir suchen sie, und solange wir sie suchen, werden wir auch nur Väter finden, keinen Mann. -

Sie pflanzte Heidekraut in Töpfe. Fuhr Fahrrad bei Regen. Sie ging jede Treppe auf den Fußballen hoch, so als stiege sie bergan, unterm Gipfelweiß der Wolken. Überm Schuttberg Krähen. Sie lächelte. Aus der Hand hatten die Alpendohlen gefressen, bevor sie ansetzten zum nächsten Höhenflug.

Sie besorgte sich Bücher: „Die weiße Spinne" – „In der Wand" – „Sturz ins Leere" – „Lizenz zum Klettern".

Die Fotos im Labor unterschied sie fortan in solche mit oder ohne Berge. Die meisten waren ohne, also uninteressant. Doch die inneren Bilder wollten nirgendwo in ihre äußere Umgebung passen, sie wichen zurück, sie bewahrten sich ihre Eigenfarben, indem sie sich nicht in die grellen Lichter der Stadt fügen ließen.

Eines Tages legte ihr Lynn eine alte, bräunliche Fotografie neben Zigaretten und Wein. Endlich oben, stand darunter, dazu eine Jahreszahl. Magda starrte sie lange und wortlos an. Die Frau neben dem Gipfelkreuz war ihre Mutter.

„Warum hab ich das vergessen?"

„Es war nie da. Nicht bewußt, du warst zu klein, nur was man weiß, kann man vergessen."

„Und du?"

„Ich wußte es."

„Warum hast du nichts gesagt?"

„Weil du nie gefragt hast."

„Also weißt du mehr ... mehr über meine Mutter als ich. - Bist du deshalb noch da, sind wir deshalb noch zusammen ...?"

„Das klingt etwas mystisch."

„Findest du?"

Magda stand auf, warf die Weinflasche dabei um, ging zur Anrichte und zerrte Fotoalben heraus. Die Mutter auf dem Watzmann, auf der Ahornspitze, auf dem Großglockner, die Mutter im Salzkammergut.

„Sie hat immer davon erzählt. Das weiß ich noch. Es gab leckeren Kakao."

„Und Wurstbrötchen."

„Aber es sind keine Worte, verstehst du, Lynn, es sind keine Geschichten, es ist eher – Musik."

„Vielleicht wegen des österreichischen Dialektes, sie konnte das gut, sie hat lange dort gelebt."

„Dort g e l e b t ?"

„Wenigstens das müßtest du doch wissen."

Nein, sie hatte es nicht gewußt, man will nichts wissen über einen Menschen, dem man im Innersten böse ist.

„Du mußt ihr verzeihen."

„Ich kann es nicht."

„Dann wirst du auch nie lieben."

Wollte sie das denn?

Sie dachte an die endlosen Sommertage, wenn die Zwillinge baden waren und sie selbst sich nicht traute wegzugehen, Klaus-Peter könnte kommen. Manchmal hörte sie dann draußen den Bach. Er wurde immer lauter, sie schloß das Fenster, machte Musik an, doch das Tosen nahm ständig zu. Sie fühlte sich klein. Sie schrumpfte zum Kind. Sie kroch in die Sofaecke und schrie nach dem Mann. Er kam nicht. Stattdessen zerrte der Bach an ihr. Griff dunkel zu ihr hoch. Legte sich kalt um ihre Knöchel. Das Sofa begann zu schwanken. Das ganze Zimmer schwankte, die Wände, das Haus, das Wasser fraß die Fundamente, brach durch die Dielen, umspülte die Möbel. Magda weinte stundenlang, bis zur völligen Erschöpfung, bis zur Bewußtlosigkeit, und wenn sie zu sich kam, war sie erwachsen, machte Essen für die Kinder und wußte nicht mehr, was in ihr vorgegangen war.

„Glaubst du, ich will das noch mal erleben?"

Nein, die Freundin glaubte das nicht. Sie hielt nur fest an den gemeinsamen Träumen, gäbe Magda auf, käme das auch für sie einem Scheitern gleich, und das machte ihr Angst. Sie sah die Müdigkeit in Magdas Augen, eine Art fundamentale Schwäche, etwas war am Zerreißen, etwas löste sich auf, um einer feinen Veränderung Platz zu geben.

- Was denkst du, Lynn, wie ist es, wenn man liebt? - Magda hatte geflüstert, es war ein Thema, dem sie sich damals nur behutsam nähern konnten. - Es muß wie bei meinem Vater sein. Er spielt auf seiner Geige, er hört die Töne und kann nicht fassen, daß er sie erzeugt. Immer wieder schaut er auf das Instrument, es ist wie ein Wunder, und er weiß genau, daß er nie davon lassen kann. - Sie hatten am Rand eines Rapsfeldes gelegen und versucht, in dem Überfluß von Gelb und Duft die Stimmungen zu beruhigen, die in jenem Frühling zum ersten Mal ihre jungen Körper verwirrten. Keine von beiden war mehr dieselbe. Mal schliefen sie mitten im Unterricht ein, von unerklärlichen Spannungen erschöpft, mal mußten sie nachts spazierengehen, aufgereizt kichernd, Lynn weinte auch oft. Sie war damals mutlos, sie konnte nicht träumen, es war, als hätte der ungestüme Mann mit seiner Musik die Kräfte aus Lynn herausgezogen, um sie dann, im schwierigsten Augenblick, als nichts mehr in ihr war, allein zu lassen. - Ich glaube, es ist anders, hatte Magda gesagt. Nur anfangs schaust du noch auf die Geige. Später schließt du die Augen, und es ist, als brauchtest du das Instrument gar nicht mehr. Die Musik kommt aus dir, du hörst sie in deinem Innern, du mußt nur die Augen schließen, schon ist sie da. -

Diese Worte hatte Lynn nicht vergessen können, sie hatten immer zu Magda gehört. War das noch dieselbe Frau, die hier vor ihr saß, ruhelos in den Fotos suchte und sich gleichzeitig fürchtete, etwas zu finden?

„Was ist geschehen, Magda, wovor hast du Angst?"

„Daß er mich nicht will. Nicht wirklich will."

„Diese Angst hat jeder. Die hat er vielleicht auch."

Es war kühl geworden in dem großen Zimmer, die Heizung blieb nur lauwarm, Magda stand auf und zündete auf kleinen Tellern Teelichter an.

„In Schweden haben sie eine Geschichte erzählt. Von der Skelettfrau. Hast du davon schon gehört?"

„Nein, was ist das?"

„Eine alte Legende."

„Das Wort gefällt mir. Es gefällt mir gut ..."

Lynn zog die Beine hinauf auf die Couch und deckte sich mit einer Decke zu. Sie rauchte jetzt. Sie sprach in schleppendem Ton. „Irgendwo im Norden, vor langer Zeit, wollte ein Vater seine Tochter bestrafen. Er warf sie ins Meer."

„Warum?"

„Ich weiß es nicht. - Sie ertrank, und von da an mieden die Fischer die Gegend, weil sie glaubten, ihr Geist ginge dort noch um. Die Fische fraßen das

Fleisch vom Körper der Frau, die Strömungen wirbelten das Gerippe herum. Niemand wollte auch nur in die Nähe der Bucht kommen, so groß war die Furcht vor dem Tod. - Eines Tages kam ein Fremder. Er warf seine Angel aus und wartete arglos, was er wohl finge."

Etwas Asche fiel auf die helle Decke, Lynn bemerkte es nicht, sie hielt die Zigarette so, als wollte sie selbst fischen: weit nach vorn gestreckt. Magda freute sich über ihre ruhige Sprache, ihre sorgsame Wortwahl, die Stimmung, die sie erzeugte – hatte die Mutter sie solches Erzählen gelehrt?

„Der Fremde fing das Skelett."

„Ist ja gruslig!"

„Siehst du: du reagierst genauso wie die Fischer."

Sie sagte es nicht im Ton einer Kritik, vielmehr mit einem Schmunzeln, als hätte sie die Freundin bei etwas ertappt, das ihr selbst widerfahren war.

„Und?" fragte Magda.

„Er wollte es auch nicht haben."

„Also warf er es weg?"

„Er versuchte es."

„Nun rauch die Zigarette oder mach sie aus! Und spann mich nicht länger auf die Folter!"

„Er wurde es nicht los. Das Gerippe war hoffnungslos in die Leine verstrickt."

„Also d a r a u f läuft es hinaus! - Fein! Kenne ich. Willst du wissen, wie es endet?"

„Wie endet es?"

„Sie kommt nicht von ihm los. Aber da sie ohne Wasser nicht leben kann, und er nicht i m Wasser, geht sie langsam zugrunde. - Wollen wir fernsehen jetzt?"

„Es ist anders, Magda", sagte Lynn leise, „es gibt nicht nur Katastrophen."

„Sag mir jetzt ja nicht: Licht."

„Nein. Aber Wandlung. Veränderung."

Magda wollte von all dem nichts mehr hören. „Im Zweiten läuft *Ben Hur*. Ein Klassiker."

Jetzt lächelte Lynn. „Lauf weg, du kommst nicht weit. Du hängst auch an der Leine, und daß du unruhig bist, zeigt nur, daß die Geschichte dein Zentrum berührt."

„Und du? Wie oft warst du schon an der Angel?" Magda wirkte gereizt. „Fällt dir eigentlich auf, daß du selbst nicht anwenden kannst, was du erzählst?"

„Ist das von Belang?"

Nein, das war es nicht, und Magda beruhigte sich, Lynn hatte recht. Sie beschrieb, wie der Fischer das klapprige Skelett mit in seinen Iglu nahm, er hörte es mehr, als er es sah. Als er seine Lampe entzündet hatte, fand er vor sich ein völlig durcheinandergeratenes Häufchen Knochen. Es tat ihm leid. Er überwand seine Abscheu und sortierte die einzelnen Teile, bis jedes seinen Platz einnahm. Er ging sehr behutsam vor. Er nahm sogar noch ein Fell, um die Ärmste zu wärmen, dann schlief er endlich ein.

Im Schlaf weinte er.

Die Skelettfrau sah es.

Sie trank die Tropfen von seiner Wange, und die Lebenskraft kehrte in sie zurück. Sie bekam wieder Fleisch und Blut, und am Morgen, als der Fischer erwachte, war bei ihm ein schönes Weib.

Die Rufe kommen aus dem Nachbarkamin, der etwas weiter oben in den ihrigen mündet. Sie klingen verzweifelt. Wenn auch noch voller Kraft. Der Mann legt eine doppelte Sicherung für die Frau und bittet sie zu warten. Dann antwortet er den anderen, klettert ein paar Meter hoch und seilt sich von dort zu ihnen ab.
Der Fehler ist klassisch. Sie haben sich verstiegen. Sie sind zu weit nach rechts gegangen, einen Weg, der nach oben hin immer schwerer wird, und wie alle, die in diese Falle geraten, haben sie den Irrtum zu spät bemerkt.
Die Frau ruht sich aus. Das tut zunächst gut. Sie trinkt, sie ißt einen Schokoladenriegel. Der Körper fühlt sich angenehm durchblutet an, er ist warmgelaufen, sie kennt das und weiß, daß sie jetzt größere Schwierigkeiten schafft. Die kommen auch bald. Lange sollten sie nicht rasten. Aber auch sie hat die Schreie gehört, und für sie, die so etwas noch nicht erlebt hat, klangen sie ziemlich beängstigend.
Was wird der Mann jetzt tun? Was bedeutet das für sie? Selbst den Erfahrensten kann es mitunter geschehen, daß die eigenen Möglichkeiten eingegrenzt werden durch die gefährliche Lage, in der sich andere befinden.
Die Stimmen jetzt undeutlich, aber auch sehr lebhaft, offenbar stecken sie im oberen Teil. Wenn sie so weit hoch gelangen konnten, müssen sie lange vor ihnen eingestiegen sein. Aber wieso haben sie nichts bemerkt? Die Seilkommandos sind in dieser Wand, solange sie außen auf den Platten klettern, deutlich zu hören, und der Wirt der Hütte hat auch keine zweite Seilschaft erwähnt.
Noch ist die Frau ruhig. Das Durchsteigen der Kaminreihen, vor denen sie so viel Respekt gehabt hat, hat in ihr ein Gefühl der Stärke erzeugt, des Vertrauens in die eigenen Fähigkeiten. Es ist nur etwas frisch. Der Wind bläst jetzt kälter. Sie muß

daran denken, daß der Mann ihr begeistert einen Einsiedler beschrieben hat, der hier gelebt haben soll. Vielleicht in der Höhle, sie hätte sie gern gesehen. Sie versucht, sich vorzustellen, wie das wäre, abgeschieden von der Welt, nur im Gespräch mit der Natur. Der Weg, der bliebe, wäre der Weg nach innen, ein faszinierender Gedanke, man stieße einfach auf sich selbst.
Es ist still. Nichts geschieht. Auch kein Laut von den anderen. Die Frau nimmt die Vliesjacke aus dem Rucksack, es ist besser, gar nicht erst kalt zu werden.
Dann bewegt sich oben etwas. Das Seil wird abgezogen. Der Mann wird wieder hochklettern, und angespannt wartet sie auf das Klicken des Karabiners, welches verrät, daß er sich erneut gesichert hat. Es kommt nicht. Sie kann auch nur vermuten, was geschieht. Vielleicht ist einer von ihnen verletzt, und sie müssen ihn versorgen, vielleicht seilen sie auch ganz ab.
Einen Augenblick später verwirft sie den Gedanken, aus dieser Route gibt es kein Zurück. Es gibt nur den Fluchtweg in den leichteren Anstieg, aber der liegt unerreichbar unter ihnen. Also müssen sie herauf. Und möglichst bald. Denn falls die anderen aus irgendeinem Grund nicht allein weiter können, würden sie gemeinsam sehr lange brauchen für den restlichen Weg.

Als sie das erste Mal den eigenen Klettergurt in der Taille festzog, dachte sie an ein Korsett. Die Beinschlaufen wie Strapse. Der Karabiner vorm Nabel wie ein schweres Vorhängeschloß. Ihr alter Beruf meldete sich zurück, was für ein Kostüm, doch sie liebte es sofort. Es würde sie verjüngen, es schien ein Attribut der Jugend, und die Tatsache, daß an den festen Schlaufen des Gurtes fortan ihr Leben hing, entsprach ihrer Lage, sie brauchte jetzt Sicherung.
Der Oktober war sonnig. Die Steinbrüche, in denen

man sich zum Trainieren zusammenfand, hielten die Wärme wie in Kesseln fest. Magda staunte, wie viele es davon gab. Sie lagerten in den Wäldern um die Stadt, wie große dunkle Augen, an deren Rändern sich drahtige Menschen hinaufmarterten.

Die ersten Versuche noch unsicher, ängstlich, das Gestein war glatter, wenn auch fester als bei Martin. Es fiel Magda schwer, dem Seil zu vertrauen, auch versagten die Arme leider allzu schnell den Dienst. Sie schämte sich. Die meisten hier waren jung. Sie wußte, daß der Sichernde sie im Auge behielt, er würde alles sehen, ihr Hintern war nicht mehr straff, der Gurt schnitt überall ein und verriet, daß ihr Körper eher weich als athletisch war.

Sie schloß sich den Älteren der Gruppe an. Das war etwas leichter, sie machten ihr Mut. Doch als sie eines Tages in etwa vierzig Metern Höhe auf ihrem ersten Sandsteingipfel saß, zeigte sich eine andere Schwierigkeit. Die Bäume unter ihr schwankten. Die Gipfelplatte war klein, gerade mal drei Kletterer fanden darauf Platz. War es die Angst vor dem Abseilen, der Anblick der anderen, die sich immer sehr dicht am Abgrund bewegten – ihr wurde schlecht, und es sah danach aus, daß sie nicht wirklich schwindelfrei war.

Sie bat Lynn um Hilfe. Im Auenwald der Stadt befand sich ein stählerner Aussichtsturm. Seine Plattform ragte weit ins Freie hinaus, er schwankte bei Wind, und die Tritte der Besucher klopften gespenstisch auf das Metall.

Sie gingen sehr zeitig hin. Sie wollten kein Publikum. Das Laub lag glitschig auf weichem Boden, erster

Frost hatte die rissigen Ränder schon geschwärzt. Das Turmgeländer eisig. Morgennebel überm Wald. Je höher sie stiegen, um so mehr wuchs die Stadt aus dem dichten Weiß heraus, Häuser ohne Grund und Kirchen, die nicht nur in, sondern auch aus dem Himmel ragten.

Magda stieg in den Gurt. Sie war außer Atem. Das Fünfzigmeterseil wog knapp zehn Pfund, und die Aufregung nahm ihr zusätzlich die Kraft.

Zuerst gähnte Lynn. Dann lachte sie. Je ernsthafter Magda sich gebärdete, um so komischer wirkte sie auf die Freundin. „Die holen uns ab. Bei Gott, ich schwöre dir, wenn uns hier einer sieht, holen sie uns ab."

Magda befestigte das Seil am Geländer, wärmte die kalten Hände auf, machte Kniebeuge. Lynn war vor Lachen in die Hocke gegangen, sie war völlig überdreht und hielt sich den Bauch. „Stell dir vor, dein Martin sähe dich so."

Magda antwortete nicht.

„Es würde ihm imponieren."

„Ich dachte, du hilfst mir." Magda war beleidigt.

„Tu ich doch auch."

„Indem du über mich lachst?"

Lynn stellte sich auf und sah Magda ernst an, doch nur Sekunden, dann prustete sie wieder los. „Du siehst aus wie James Bond!"

Die Bemerkung half. Nun lachten sie beide, bis zur Atemlosigkeit, bis ihnen warm geworden war davon.

„Also los jetzt." Magda raffte sich auf. Sie stieg über die Brüstung, sicherte sich, zog das Seil durch die metallene Abseilacht, löste die Sicherung, stieß ein

paar Angstlaute aus und glitt dann, mit den Händen das Seil nachgebend, langsam in die schütteren Baumkronen.
Lynn hätte jetzt gern Fotos gemacht. Sie war an bizarre Geschichten gewöhnt, das war ihr Beruf, doch sie hätte sie nie mit der Freundin in Verbindung gebracht.
„Du könntest Großmutter sein!"
„Bau mich ruhig weiter auf!"
„Ich dachte, ich kenne dich!"
„Ich kenn nicht mal mich selbst!"
Eine Kneipe fing sie auf. Sie frühstückten dort. Sie tranken bitteren Kräuterlikör und Wein, bis keine von ihnen mehr imstande war zu fahren.
Alte Männer zum Frühschoppen. Ein paar jüngere, denen die Langeweile ins Gesicht geschrieben stand.
„Diese Stadt ist nicht mehr jung", hörte Magda sich sagen, „sie wird es nie mehr werden."
„Aber du bist es."
„W i r !"
„Wenn du weggehst, geh ich mit."
„Wir bleiben immer zusammen."
Kein Satz reichte so weit zurück wie dieser, keiner ging so tief, sie hatten ihn gesprochen seit ihrer frühesten Kinderzeit. Und doch stimmte jetzt irgendetwas daran nicht, so als wäre seine magische Wirkung erloschen.
Sie hielten sich um so fester. Obwohl Lynn sicher war, daß sie nie, niemals, an einem Felsen klettern würde, machten sie jetzt Pläne. „Zuerst zu Martin. Möglichst bald. Und im Sommer eine Dolomitentour. Wir wandern eine Woche von Hütte zu Hütte, und danach

geht es nach Frankreich, ans Mittelmeer."
Lynn beneidete Magda. Es war ein freundlicher Neid. Es war jener, der gespeist wird von Bewunderung, sie sah die Kraft der Freundin, eine Art jungen Mut, sie schloß etwas ab, das beendet war, das sich erfüllt hatte und vielleicht in den Kindern weiterlebte. Und sie, Lynn?
„Werde ich je den richtigen finden, Magda?"
„Ja sicher."
„Und wie?"
„Hör auf, die Geige zu suchen."

Endlich doch das ersehnte Klimpern des Aluminiums, dann das Gesicht des Mannes, konzentriert und ernst.
„Der Jäger ist dabei. Er ist total erschöpft. Es wird dauern. Alles in Ordnung bei dir?"
Er beginnt, den ersten heraufzusichern, der kommt unendlich langsam. „Sie sind seit gestern in der Wand."
Deshalb also haben sie nichts gehört. Die Frau erschrickt und wird dann sehr ruhig, sie kann jetzt nichts anderes tun, als auf ihrem unbequemen Platz geduldig auszuharren. Sie lauscht nach oben. Achtet auf jedes Geräusch. Sie bemerkt, daß der Fremde nicht weiterkommt, der Mann gibt ihm Zug, strafft mit ganzer Kraft das Seil.
„Der muß jetzt herauf!"
„Kann ich irgendwie helfen?"
„Du bist gut geklettert", ruft er ihr zu, „wirklich, ich bin sehr zufrieden mit dir."
Sie ahnt, daß er sie mit diesem Kompliment auf den Ernst der Lage vorbereiten will. Sie sähe gern sein Gesicht. Es ist jetzt abgewandt. Die physische Kraft aber, mit der er den anderen Meter für Meter heraufzerrt, entspringt einer trotzigen Wut,

und zum ersten Mal erlebt die Frau bewußt, mit welcher Entschlossenheit er kämpft.

Mit dem Schnee kommt die Stille, er gleicht die Dinge einander an, die Wiesen liegen wie ein stummes Gebet. Wenn der Wind hineinfährt, heben sich glitzernde Schleier, sie fegen über die Hänge, bäumen sich auf, fallen zusammen. Die Bachränder gefroren. Das Licht darunter gefiltert. Die runden, hellen Steine ragen mit eisigen Flanken wie glasiert aus dem Wasser und wachsen langsam zu.

Magda stieg wieder ins Auto. Lynn neben ihr schlief. Sie waren seit neun Stunden unterwegs, der Einbruch des Winters hatte besonders in Deutschland zu Chaos und langen Staus geführt.

Jetzt sah sie die Hütte. Am Hang darüber das Hotel. Es gab nur eine einzige Stelle auf der Straße, an der der Wald aufriß und diesen Blick gewährte, die Gipfel waren weiß und ungeheuer oben.

Umsonst kämpfte Magda gegen die Aufregung an, seit sie das Tal erreicht hatten, raste ihr Puls. Immer wieder hatte sie sich in den letzten Wochen den Moment vorgestellt, in dem sie Martin wiedersah, was würde er sagen, war sie überhaupt noch wichtig?

„Lynn, wach auf!"

Die Freundin gähnte. „Was ist?"

„Ich halt das nicht mehr aus!"

„Ach du lieber Gott."

„Was mache ich, wenn er mich vergessen hat?"

„Er hat dich nicht vergessen."

„Und wenn doch?"

„Paß lieber auf!"

Die engen Serpentinen zwangen sie oft zum Bremsen, gleichzeitig brauchte das Auto Schwung, um im lockeren Neuschnee nicht steckenzubleiben.

„Ich habe null Ahnung, die Ketten zu montieren."

„Ich auch", sagte Magda.

„Dann tritt mehr aufs Gas!"

Der Wagen schleuderte, brach aus, Magda brachte ihn erst auf der Gegenfahrbahn unter Kontrolle. Zum Glück war kein Verkehr. „Woher soll ich das können?!"

„Beruhige dich, ich habe doch nichts gesagt."

„Aber geguckt hast du!"

„Ich darf ja wohl noch gucken."

Sie parkte auf einem kleinen Platz. Rechts der Weg zur Hütte. „Ich muß erst was trinken."

„Fein! Wirst du dann endlich wieder normal?"

Es war der Moment, befreiend zu lachen, kurz vor der Verzweiflung. „Warum kann man nicht auf vollkommen ruhige Weise verliebt sein?" fragte Magda verzagt.

„Weil es langweilig wäre. Es würde uns nicht gefallen."

Sie stapften die verwehte Schneise hinauf, ab und zu stiebte Schnee von den dicht bepackten Bäumen. Der Hüttenschornstein rauchte. In den Fenstern Licht. Magda ging immer langsamer, wie gegen Widerstand, er konnte ja auch hier sein, er war vielleicht sogar hier. Die Erlebnisse des ersten Abends wurden deutlich, ihr zwingendes Gefühl, hier nicht fremd zu sein.

„Das ist ja genauso, wie sie es beschrieben hat!" Lynn tappte staunend um die Hütte herum, jeden Winkel musternd, jedes Detail. Magda wußte plötzlich, was sie beide unterschied, Lynn suchte die Fakten, sie selbst Stimmungen.

„Und hier wohnt der Alte."

„Komm jetzt, mir ist kalt."

Sie betrat die Hütte wie ein Heiligtum. Sie sprach nicht mehr. Sie setzte sich auf die Bank, auf der sie am ersten Abend gesessen hatte und sah aus, als wäre sie am Ziel ihrer Wünsche. Lynn bemerkte es. Sie wurde sofort traurig. Magda ließ sich auf eine Weise hier fallen, die verriet, daß es um mehr als Martin ging.

„Das nenn ich eine Überraschung!" Herbert stand da. Er trug noch immer die Lederhose, in sein Sächsisch war Österreichisch gemischt. Er sagte dös statt das und i statt ich, und er lachte ehrlich übers ganze Gesicht.

„Das ist Lynn, meine Freundin."

„Freut mich, freut mich sehr." Er gab ihr die Hand und verbeugte sich leicht, dann umarmte er Magda mit einer Heftigkeit, als hätte er tagelang keinen Menschen gesehen.

„Bring uns ein Viertel Roten. – Für jede ein Viertel."

„Paßt."

„Und für dich auch ein Glas."

„Paßt eh."

Er schwenkte um die Tische herum und verschwand neben dem Stallfenster in der Küche.

„Soviel zur komischen Figur", sagte Lynn.

„Du bist zu streng, er ist ganz nett."

„Nett –"

„Nett." Sie lachten. Sie haßten beide dieses Wort.

Lynn stand auf und ging neugierig herum, schaute in den Stall, blieb vor Schädls Tür stehen. Magda fürchtete, daß sie hineingehen könnte und rief erschrocken: „Es ist abgeschlossen!"

„Zufällig weiß ich, wo der Schlüssel ist."

„Laß das."

Der Jäger brachte den Wein. Er redete vom Ende der Saison, dem schlechten Wetter seit Wochen und der Einsamkeit. Diesmal war Magda froh, daß er soviel sprach, ihre Aufregung nahm zu, als wäre Martin schon ganz nah. Plötzlich wünschte sie sich, ihn allein zu treffen, der erste Augenblick wäre wichtig, sein Gesicht, seine Worte. Er würde sich verstellen in Lynns Gegenwart, er beherrschte das Geschäft, kein Gefühl vor den Gästen.

Es wurde dunkel draußen, sie waren müde vom Wein. Das Novemberplasma kroch durch die Ritzen, sammelte sich träge im Raum, umlagerte die Gedanken. Lynn hörte noch immer dem Jäger zu, als witterte sie eine Story, und je länger er sprach, um so mehr fiel er in sein Sächsisch zurück.

Schließlich drängte Magda. Die Aufregung war weg. Ihre Spuren auf dem Weg waren zugeschneit, das Licht einer Laterne begleitete sie noch ein Stück. Es war still, kein menschlicher Laut, kein Tier, sie gingen durch einen Frieden, der so vollkommen war und so unzerstörbar schien, daß sie andächtig schwiegen.

Als der Geschäftsführer ihnen den Zimmerschlüssel gab, atmete Magda auf, Martin war nicht da. Noch vor Stunden hätte sie das sicher irritiert, doch jetzt war sie wie in Watte gepackt.

„Wenn Frieden eine Farbe hätte, wäre sie weiß."

„Oder lila", sagte Lynn mit einem Blick auf die Bettwäsche. Sie war todmüde. Sie schlief sofort ein.

Magda aber fühlte sich seit einer Weile, als würde sie von einer unsichtbaren Quelle getränkt, sie war wach und heiter und in einer Weise ruhig, wie sie es seit Wochen nicht erlebt hatte. Sie zog den Anorak an. Sie ging noch einmal hinaus. Sie streckte ihr Gesicht in den fallenden Schnee, die Flocken trieben herab und schmolzen auf der Haut. Vielleicht hatte Martin recht. Vielleicht war es wirklich schön, sich hinzulegen und einfach einzuschlafen. Aber ohne Sturm. In tiefem Einverständnis. Zum ersten Mal seit dem Tod der Mutter näherte sie sich solch einem Gedanken ohne Panik, und dieser Schritt überwältigte sie so, daß sie Martins Schritte nicht hörte.

Es ist Nachmittag. Noch haben sie Zeit. Noch brauchen sie nur den Jäger hochzuholen und in zwei Seilschaften weiterzuklettern. Das Wetter hält. Sie haben ausreichend zu trinken. Doch der Mann muß jetzt einen Flaschenzug bauen, also ist der Jäger offenbar zu erschöpft, um aus eigener Kraft heraufzugelangen.
Es dauert unendlich lange. Jede Minute, die die Frau, halb stehend und halb in ihrer Sicherung hängend, zubringen muß, zerrt an ihren Nerven. Sie wäre gern bei den anderen. Sie würde gern etwas tun. Doch sie können nicht alle an einem Haken hängen, und so redet sie sich ein, daß es ihr gut geht hier, daß sie nicht friert, nicht hungert, nicht verletzt ist und vor allem: nicht wie die anderen die Nacht hier verbringen mußte. Sie schaut hinauf zu dem Fremden. Er ist höchstens zwanzig. Sie ruft ihm etwas zu, um ihn aufzumuntern, daß sie bald weiterklettern, daß sie es schaffen. Doch der Junge schüttelt niedergeschlagen den Kopf, auch er ist geschwächt und fühlt sich nicht mehr in der Lage, die zweite Seilschaft aus der Wand zu führen.

Es geschah ohne Worte. Es geschah in Abwesenheit von Vergangenheit und Zukunft und vor allem ohne Worte. Sie waren erwachsen. Sie wußten, was war. Auch wenn sie im Moment nicht daran dachten, wußten sie, was war, und daß Erfahrung ewig ist. Wie die Biegsamkeit des Fleisches. Wie der machtvolle Wunsch nach Aufhebung der Grenzen, den sie nicht mehr unterdrückten. Längst waren die Wunden auf Martins Händen verharrscht, wie Baumrinde schürften sie an Magdas Lippen.
Sie kannte ihn schon. Sie hatte damals gespürt, wie er das Weinglas über ihre Wange rollte und seitdem geahnt, daß er zärtlich sein würde. Plötzlich wußte sie, was sie Lynn nicht hatte sagen können: daß die Natur den Menschen lehrt, ohne Widerstand zu sein. Wie die weiche Kraft des Wassers, wie die großen Vögel, die den Wind verstehen, statt mit ihm zu kämpfen.
„Vielleicht bist du die letzte ..."
Magda erschrak.
„Es ist ein guter Gedanke."
„Deshalb erschrecke ich."
Er sagte ihr, daß er manchmal den Lauf der Welt nicht verstünde, daß er am falschen Ort sei, zur falschen Zeit.
„Deine Brüder?"
„Ich hätte sie zurückhalten müssen. Wir hatten an dem Tag viel Betrieb im Hotel. Ich wollte sie dabehalten. Sie sollten mir helfen."
„Was ist passiert?"
„Ich kam mit Streß nicht zurecht. Ich habe zuviel getrunken. Sie mochten das nicht. – Um mir einen

Denkzettel zu verpassen, sind sie hinunter zum Hof, zum Futtersilo."

Martins Stimme wurde brüchig, sie hatte das schon mal gehört, in der verfallenen Hütte, also d a s war sein Kampf?

„Du fühlst dich schuldig?"

„Ja. Schädl hat vielleicht recht."

„Ist er dir so wichtig?"

„Er ist mein Pflegevater."

Magda nahm ihn in die Arme, als hielte sie ein Kind, und daß das Kind ein Mann war und es deutlich blieb, gab dem Empfinden eine große Tiefe. Er schlief ein. Magda nahm sein Fallenlassen wahr, ließ die Tischlampe brennen und betrachtete ihn. Er war schlank wie ein Junge. Von Muskeln keine Spur. Sie waren da, sie hatte sie beim Umarmen gespürt, aber jetzt war er bis in die Fußspitzen entspannt. Magda hatte das Gefühl, etwas Vollkommenes zu sehen, keinen Entwurf der Natur, sondern ein Ergebnis, von beeindruckender Klarheit und Harmonie. Nirgends Zeichen von Alter. Kein noch so kleiner Hinweis, daß auch ein Fehler zur Schönheit gehört.

Doch es gab den Fehler.

Martin atmete nicht.

Sein Brustkorb hob sich in immer heftigeren Stößen, aber nur gequältes Pfeifen, kein Atemzug.

Hellwach saß Magda. Legte die Hand auf seinen Hals. Legte sie auf seine Rippen. „Atme, du mußt atmen!"

Die erlösende Lockerung währte nur kurz, ein paar tiefe Züge Luft, dann begann der Krampf erneut. Fassungslos sah Magda diesem Ringen zu, wollte er nicht leben, verweigerte er sich?

Sie streichelte ihn. Er wurde davon nicht wach. Er hatte die Arme über dem Kopf gewinkelt und die Beine gestreckt, wie ein Käfer auf dem Rücken.
Sie drehte ihn auf die Seite. „Atme, du mußt atmen!"
Sie legte sich mit der ganzen Körperlänge an ihn, als könnte der eigene, gleichmäßige Rhythmus ihn beruhigen. Er beruhigte ihn nicht.
Urplötzlich in eine Verantwortung gestoßen, die sie einerseits gepackt hielt, andererseits hilflos machte, versuchte Magda alles, um ihm zu helfen. Sie drehte ihn erneut, sie klopfte sacht auf seine Brust. Sie legte die Hände um seinen Hinterkopf, eine Geste, die starkes Vertrauen wecken konnte.
Martin atmete nicht.
Seine Heiterkeit manchmal, sein starkes Auftreten bei Tag, all das wurde jetzt in Frage gestellt. Es entpuppte sich als Anstrengung des Bewußtseins, als Selbstbetrug, als auferlegte Disziplin. Der Schlaf brachte die innere Wahrheit ans Licht, und Magda, hellwach jetzt, sah sich konfrontiert mit etwas, das sie seit langem kannte und aus ihrem Leben verbannt zu haben glaubte.
Sie wußte, daß sie ihn nicht halten konnte.
Sie hatte es bei der Mutter nicht gekonnt und auch nicht bei Klaus-Peter, seine Härte war nichts als der Versuch gewesen, Gefühle abzuwehren und Männlichkeit vorzutäuschen, seine Droge hieß Sex.
Martin aber war anders. Die Tode um ihn herum belasteten ihn so, daß er nachts unbewußt den Kontakt abbrechen wollte, um den Preis seines Lebens.
„Du mußt atmen."

Verschlafen fragte er: „Tue ich das nicht?"
Sie umarmte ihn erneut. Sie lagen Bauch an Bauch. Magda faßte seinen Rücken und ließ die Hände in der Senke zwischen seinen Schulterblättern liegen. Sie bewachte seinen Schlaf. Sie löschte das Licht, schob sich noch dichter an ihn und fragte sich, wie es zwischen Liebenden zur Berührung kommt. Wie es möglich ist, daß Mann und Frau sich berühren, daß sie in kürzester Zeit das Labyrinth von Gefühlen und Erfahrungen, das sie ausmacht, überwinden können und auf direktem Weg zueinander finden. Woher das Wissen kommt. Die große Sicherheit.
Er atmete jetzt gleichmäßig, und Magda umfaßte mit einemmal alle seine Alter. Sie betrat seine Kindheit. Die Landschaft seiner Spiele. Die elternlose Jugend, die ihn früh reifen ließ, wie die ständige Nähe zur Gefahr. Eingeweiht in seinen Schlaf, wuchs sie an ihm fest, als könnten von ihm Geheimnisse kommen, ein besonderer, reifer Zugriff auf die Welt, den sie noch nicht kannte und den sie jetzt erfahren mußte.

Als auch der Jäger herauf ist, scheint die Luft zu stehen, der Wind hat sich gelegt, und sie spüren, wie heiß der Fels außerhalb der Schluchten ist.
Der Jäger zittert. Er hat Probleme mit der Höhe. Der Mann fragt, wie oft er schon geklettert sei und erhält keine Antwort, es ist ohnehin klar: die da vor ihnen sitzen, haben keinerlei Erfahrung, sie haben an künstlichen Kletterwänden trainiert und die Schwierigkeiten, die sie dort auf höchstens zehn bis fünfzehn Metern bewältigen konnten, hier umzusetzen versucht. Der Mann muß sich beherrschen. Er hat zu oft erlebt, daß seine Freunde aus dem Ort bei Rettungseinsätzen selbst in große

Gefahr geraten sind.
Er seilt sich ab zu der Frau. Er weiß, daß sie wartet. Er weiß auch, daß sie das, was jetzt zukommt auf sie, in panische Angst versetzen wird.
Noch sagt er ihr nichts. Noch weicht er ihr aus. Er spricht über das Wetter, daß es beständig bliebe, und wie hervorragend sie geklettert sei.
Seine rechte Hand blutet. Sein Hemd ist klatschnaß. Seine Lippen sind aufgerissen, doch sie kennt ihn genau, nie gäbe er einen Ton der Klage von sich.
Sie verbindet ihn. Sie gibt ihm etwas Creme. Sie sprechen jetzt nicht mehr, sie halten sich bewußt an den kleinen, so wichtigen Handgriffen fest, als wären sie schon die Lösung, als hinge von ihnen Erfolg oder Mißerfolg des Weges ab.
Es ist i h r Weg. Sie werden ihn gehen. Sie wissen das, ohne sich anzusehen, es war entschieden in jenem Moment, da die Schneebrücke hinter der Frau abgebrochen war. Und doch läßt sie irgendetwas zögern jetzt, wie eine letzte Barriere vor dem Versuch, gegen die Hindernisse des Lebens anzurennen, die sich auftürmen, um sie scheitern zu lassen.

Wie eine kleine rote Schachtel hing die Gondel in der Luft, an Seilen, die sie hielten, die sie still nach oben zogen, mitten in die flüchtenden Wolken hinein. Lynn ließ sich nicht anmerken, daß ihr der Gedanke, da hineinzusteigen, wie ein Stein im Magen lag. Ein Seitenblick zu Magda. Deren Augen glänzten. Sie glänzten seit dem Frühstück, und die Freundin wußte, daß sie in der Nacht nicht im Zimmer gewesen war.
„Oben scheint die Sonne. Das wird großartig!"
„Ja sicher. - Wie hoch geht es?"
„Tausend Meter. Hast du Angst?"

Lynn schüttelte den Kopf und wendete sich wieder ihren energisch grollenden Eingeweiden zu. Magda schob sie in die Gondel. Snowboarder lärmten. Sie errichteten um die beiden einen schwankenden Wall, Lynn bekam Platzangst und drängte sich zum Fenster. Wir stürzen ab! dachte sie, wir zerschellen da unten, das ist mein letzter Ausflug, gleich stürzen wir ab! Sie besann sich auf eine besondere Atemtechnik, schloß die Augen und betete, daß es vorübergehen möge.

Das vollkommen geräuschlose Absinken der Almen -
Das Zurückweichen der Lärchen, ihr letztes, spärliches Orange -
Die Wolken, die von fern fest begrenzt gewirkt hatten, wischten als weiße Fetzen vorüber, wurden dichter und verflossen zu gesichtslosem Weiß. Magda verlor das Gefühl für die Bewegung. Sie wußte nicht mehr, ging es aufwärts oder abwärts, dem Blick fehlte die Orientierung am festen Fels. Auch das Tempo täuschte. Sie schienen schneller geworden. Einzig der wachsende Druck in den Ohren verriet, daß sie stetig an Höhe gewannen.

Plötzlich wurde das Weiß um sie herum sehr grell, es schmerzte zwischen den Brauen, jetzt schloß auch Magda die Augen. Dann vielfach Stimmen. Bewunderung, Staunen. Sie hatten die Wolkendecke durchbrochen, die Felswände stiegen direkt vor ihrem Blick senkrecht und gleißend in den tiefblauen Himmel.

Das ist nicht wahr, dachte Magda, wie kann etwas, das mich beinahe umgebracht hätte, so faszinierend sein!
Sie taumelte hinaus in einen kalten, spitzen Wind. Sie vermißte Martin. Sie hätte mit ihm hier herauffahren sollen, um das Schneesturmerlebnis ein- für allemal

auszuradieren.

Lynn wirkte fremd vor der gigantischen Kulisse. Der Gletscher floß wie ein riesiger Schoß zwischen zwei tiefer liegenden Gipfeln hinab, vom Wind in unzählige kleine Schneekanten gefaltet. Magda ging hinüber zu einem Geländer. Ihr Blick stürzte in die Südwand, sie wich zurück. Sie versuchte, sich vorzustellen, wie Martin sie durchstieg, sie sah ihn fallen und wendete sich schnell ab.

„Mir ist schlecht", sagte Lynn.

„Trinken wir einen Tee."

Halbherzig führte Magda sie ins Restaurant, Lynn setzte sich so, daß sie nicht hinaussehen konnte.

„Warum hast du mich hierher geschleppt?"

„Ich dachte, es würde dir gefallen."

„Die Berge sind nichts für mich."

„Kann es sein, daß du jetzt grob wirst?"

„Warum sollte ich das?"

„Ich kenne dich doch. Jedesmal, wenn ich glücklich bin, geht es dir schlecht. Was soll das, bist du neidisch, willst du Aufmerksamkeit?"

„Ich weiß gar nicht, wovon du redest." Lynn wirkte gekränkt.

Aber Magda hatte keine Lust zum Streiten, sie sagte versöhnlich: „Laß gut sein, trink den Tee."

„Hast du mit ihm geschlafen?"

Das war nicht fair! Diese angstvollen Augen waren nicht fair, die Gewohnheit, immer dann zum Kind zu werden, wenn sie, Magda, sich zu entfernen drohte.

„Du hast mir von dieser Skelettfrau erzählt. Was genau hast du gemeint?"

Lynn fühlte sich ertappt. „Du mußt den Tod akzep-

tieren. - Bevor du liebst. - Die Liebe muß größer sein als die Angst vor dem Verlust."
„Meinst du, daß das auch auf Freundinnen zutrifft?"
Sie senkte den Kopf. „Ich denke schon."
Sie wickelte sich Haarsträhnen um den Finger, sie wirkte ratlos, und Magda fragte sich, ob sie nicht schon zu lange währte, ihre Freundschaft, ob sie sich nicht seit langem zu genau kannten, so daß sie sich nicht mehr überraschen konnten.
„Ich habe von Anfang an gewußt, daß dein Leben sich ändert, wenn du in die Berge kommst."
„Warum?"
„Es war die Musik deiner Kindheit. Alles, was positiv war an deiner Mutter, hatte mit dieser Landschaft zu tun."
„Für dich doch auch."
„Ja. Aber anders."
Magda dachte nach. Dann stellte sie eine Frage, die es bislang für sie nicht gegeben hatte: „Warum ist sie gestorben?"
„Weil sie eingesperrt war. Oder ausgesperrt. Sie wollte hierher zurück. Ich glaube, sie hat sehr viele Briefe geschrieben."
Das Gefühl, mehr zu wissen als Magda, brachte Lynn aus der gefährlichen Schwäche zurück, einer Schwäche, die ihre Freundschaft zum ersten Mal beschädigen konnte, auch wenn sie verstanden, was geschah.
„Briefe, wohin?"
„Hierher, nach Österreich."
„Woher weißt du das?"
„Sie hat mich einmal gebeten, einen in den Briefkasten zu werfen für sie."

„Lynn!" Magda faßte die Freundin an den Händen. „Warum hast du mir nichts davon gesagt?"

„Wozu? Du wolltest von deiner Mutter nichts wissen."

Magda ließ sie los und lehnte sich zurück. „Du hast recht", sagte sie. „Es tat immer nur weh."

„Und jetzt?"

„Alles ist so verworren, Lynn. Ich will Martin, und gleichzeitig glaube ich, daß ich mit all dem Groll und dieser Unwissenheit nicht wirklich bereit bin zu einer Partnerschaft."

„Auf der einen Seite ist da was dran", sagte Lynn und fühlte sich jetzt noch sicherer, es war so leicht, von außen draufzuschauen und alles, was sie bei sich selbst nicht sah, bei der anderen zu erkennen. „Aber andererseits -"

„Ja, andererseits?"

„ ... sitzt Martin auch wie vor einem Kreuzworträtsel. Und ich schwöre dir, der weiß noch weniger als du."

Sie schlürften den Tee, er war teuer gewesen, er schmeckte nicht, er war einfach nur heiß.

„Was war mit den Briefen?" fragte Magda schließlich, und sie fühlte sich, als würde sie von Satz zu Satz, von Gedanke zu Gedanke einen Marathon laufen.

„Sie waren an einen Mann gerichtet."

„An welche Adresse?"

„Das weiß ich nicht mehr."

„War es Österreich? Versuch dich zu erinnern! Die Briefmarke, was war für eine Briefmarke drauf?"

„Herrgott, ich weiß das wirklich nicht mehr. Das ist, als fragtest du, welche Wurst am dritten Mai vor dreißig Jahren auf meiner Schnitte gelegen hat."

„Ich muß raus", sagte Magda und schnellte in die Höhe, „an die Luft, sofort, ich werde sonst verrückt!"

Sie stapften schweigend einen markierten Weg, er führte bergan, doch ein Pistenfahrzeug hatte den lockeren Schnee festgepreßt. Der Gletscher blendend. Die Sonne stand überm Grat, und Magda erinnerte sich mit Schrecken daran, daß sie von diesem Grat beinahe abgestürzt wäre. Je höher sie gelangten, um so weiter dehnte sich die wellig weiße Fläche in die Täler hinunter. Ein beruhigender Anblick. Die Eismassen teilten sich. Einzelne Gipfel ragten aus ihnen wie aus einem riesigen Bett, das Gestein schräg geschichtet, von Schneerinnen durchfurcht.

„Kann es Schädl gewesen sein?" fragte jetzt Lynn. Sie saßen wieder als kleine Mädchen am Ofen, knabberten an den Wurstbrötchen, tranken den Kakao.

„Er hat keine Totenköpfe in seiner Kammer. Ich habe ihn schon gefragt."

„Vielleicht jetzt nicht mehr."

Immer wieder hatte die Mutter erzählt, daß er ihr bei ihrem ersten Besuch etwas in die Hand gegeben hätte, das ihr vor Schreck heruntergefallen war.

Magda kramte die Sonnenbrille hervor, das Licht bohrte sich schmerzhaft zwischen die Brauen. „Er hat etwas merkwürdiges zu mir gesagt ..."

„Was?"

„Jede wichtige Frau in seinem Leben hätte etwas zerbrochen."

„Du auch?"

„Ja."

„Schädl ..." Lynn ging mit gefurchter Stirn. „Sie

nennen ihn Schädl wegen dieser Köpfe!"

Das klang sehr schlüssig, und Magda versuchte, sich an die Geschichten der Mutter zu erinnern. Vierzig Jahre hatte all das geruht, Schicht für Schicht hatte sich ihr Alltag darübergelegt und die Dinge verdichtet, jetzt tauchten sie auf: die Kerze auf dem Tisch, die hohen Hausschuhe der Mädchen, der grüne Kachelofen, die bunten Sofakissen. Jede Kleinigkeit war verbunden mit Gefühl, mit einer Art geheimer Schwingung, die Erinnerung weckte.

„Er war Totengräber."

„Die Dinger waren nicht echt."

Magda griff auf ihren Kopf, fuhr mit den Händen vom Scheitel zu den Ohren hinunter und von da zum Hals. „Er hat sie bemalt! Das hat mich fasziniert. Mutter hat beschrieben, wie er sie gebastelt hat, irgendwie aus Luftballons und Pappmaché – ich habe es vergessen, das hat mich nicht interessiert, für mich war nur wichtig, daß er sie verschönert hat, einen glatten, nackten Schädel, mit Blumen verziert, oder mit Ornamenten, das weiß ich noch, und ich konnte meine Mutter überhaupt nicht verstehen, daß sie es gruslig fand, ich fand es wunderbar, ich habe ihr den Lippenstift geklaut und heimlich meinen eigenen Glatzkopf damit bemalt, und dann hab ich mich drei Tage krank gestellt und die ganze Bettwäsche verschmiert."

„Du hast sehr gelitten damals, ohne Haar."

Magda war erregt, immer wieder wischte sie mit der Hand über den Kopf, und sie atmete schnell.

„Hör auf, es ist gut."

„Ich war plötzlich schön."

„Du sahst gräßlich aus. Herzchen und Girlanden."
„Verstehst du: ich konnte etwas aus mir machen."
„Eine Jahrmarktsfigur."
„Ich habe immer nur gewartet, Jahr für Jahr, ich habe jeden Tag in den Spiegel geschaut, um die ersten Härchen nicht zu verpassen. Warten war sowas wie mein Lebensinhalt, Lynn. Meine zweite Haut. Und die einzige Hoffnung war die Tatsache, daß es irgendwo in den Bergen jemanden gab, der einen kahlen Schädel schön fand. Er war ein Mythos für mich."
„Hast du nicht auch Angst, diesem Mythos zu begegnen?"

„Ich steige mit dir zu einem Standplatz hinauf, der so groß ist wie ein Tisch und sehr bequem."
„Und dann?"
„Führe ich die anderen hinaus."
Sie kann nicht glauben, was sie da hört. „Heißt das, ich soll warten?"
„Es geht nicht anders."
„Ich soll hierbleiben, a l l e i n !?"
Er hat ihre entsetzten Augen befürchtet, solange er sie kennt, erliegt er diesem Blick.
„Es muß sein."
„Warum?"
„Weil ich nicht vorsteigen kann und drei nachholen. Nicht in diesem Gelände."
Sie verliert die Fassung. Ihre Stimme wird schrill. „Warum sind diese Trottel in die Wand eingestiegen!"
„Komm jetzt."
Sie weigert sich.
„Es ist die einzige Chance. Drei Stunden, maximal. Ich kann

abseilen von oben. Ich komme sofort zu dir zurück."
„Und wenn dir etwas passiert? Warum rufst du nicht die Rettung?"
„Weil ich das nur tue, wenn es nicht mehr anders geht." Er muß lügen: "Es würde auch zu lange dauern."
Trotz ihrer Aufregung sieht die Frau, daß sie jetzt mit dem Mann nicht diskutieren kann. Er hat entschieden. Kein Bitten hilft. Er wird genau so handeln, wie er es für richtig hält, und er kann sich nicht leisten, sich in sie hineinzufühlen, nicht so, daß es ihn verunsichert und blockiert, das wäre für alle Beteiligten nicht gut.
Könnte er es denn? Steht sie nicht nach über siebenhundert Metern noch immer vor der Frage, wer dieser Mann in Wirklichkeit ist? Welche Rolle er spielt in ihrem Leben?

Schädl hatte sie bereits gesehen. Er trat vor die Tür, als wollte er Magda den Eintritt verwehren, und tatsächlich verhielt sie ein wenig den Schritt vor der würdevoll aufgerichteten Gestalt.
Er sah sie streng an.
„Sie malen noch", sagte sie, und sie fühlte sich, als stieße sie gegen eine dicke Wand, in der eine Tür verborgen lag. Alle Räume, die sie suchte, lagen hinter dieser Tür, und sie mußte sie finden, sie konnte nicht länger auf der schwankenden Schwelle verweilen.
Er hob die Augenbrauen.
„Keine Bilder", sagte sie.
Er rührte sich nicht. Sie war auf dem rechten Weg.
„Sie basteln Totenköpfe und bemalen sie, in Anlehnung an irgendeinen alten Brauch."
Es war, als rutschte er ein wenig zusammen, sein Stock entglitt ihm, Magda griff danach. Als sie sich

wieder aufrichtete, sah sie in Augen, aus denen alle Härte verschwunden war. Wer bist du? fragten sie. Die Büßerin, dachte Magda. Denn obwohl sie nicht im geringsten wußte, welchen Teil dieses Puzzles sie verkörperte, spürte sie plötzlich deutlich, daß sie etwas drückte, daß sie gleichsam etwas trug, das nicht aus ihr, Magda, kam, sondern mit dem Leben des Alten zu tun hatte, mit ihrer Mutter und vielleicht auch mit Martin.

„Komm rein", sagte er.

Drinnen war es dämmrig. Durch die geöffnete Tür züngelten Lichtstreifen in den Raum, am Ofen schimmerten Messingbeschläge.

Schädl reichte ihr wortlos ein Glas Preiselbeersaft, diesmal hielt sie es fest, und er lächelte. Ich kenne ihn, dachte sie, doch es war viel mehr als die Erinnerung an eine Art Märchenfigur – da ging etwas tiefer, da saß etwas in ihr fest, das sie auf magische Weise mit ihm verband.

„Ich hatte einen Glatzkopf als Kind", sagte sie.

„Und deshalb interessierst du dich für den Brauch." Es schien, als atmete er erleichtert auf, er bat sie, sich zu setzen, setzte sich selbst und schloß die Augen.

„Weißt du, es gibt nicht viele, die das verstehen."

Magda fühlte sich wach und gleichzeitig träge, als gehorche sie einem physikalischen Gesetz, das den Körper zwingt, an jener Stelle zu verweilen, an der er sich gerade befindet.

„Du betrachtest den Kopf, seine Ausformung, Maße, man kann eine Menge über einen Menschen erfahren, wenn man sich ein wenig auskennt damit. Welche Form hat das Kinn, ist die Stirn gewölbt, ist sie breit oder schmal, wie tief liegen die Augen."

Magda lehnte sich zurück, was sagte ihm ihr Kopf, und was hätte er ihm damals gesagt?

Er öffnete die Augen, sah sie aufmerksam an, der graue Film über der dunklen Iris schien verschwunden.

„Das ist wie ein Zwiegespräch, Magdalena, irgendwann sieht man die Schönheit."

„In jedem Fall?"

Eine Weile schwieg er, als dächte er nach, und Magda nippte am Preiselbeersaft. Sie versuchte, die Worte des Alten zu verbinden mit denen der Mutter, die Wahrheit lag dazwischen. Aber welche Wahrheit? Über das Leben? Den Tod? Oder den Zwischenraum, jenen kurzen Moment des Übergangs zwischen Tag und Nacht, in dem die Träume erlöst werden aus der Gefahr und alle nebelhafte Sehnsucht übersichtlich wird?

Er deutete auf einen Vorhang. Magda stand auf. Sie warf einen fragenden Blick auf Schädl und zögerte.

„Zieh ihn auf", sagte er.

Magda hob den Arm, er war schwer wie Blei. „Nur zu", sagte Schädl, „wer immer du auch bist, du mußt einen Grund haben, hier zu sein."

Magda raffte den Vorhang zur Seite wie eine alternde Operndiva, die halb tot war vor Angst und mit einem letzten, verzweifelten Akt den Schritt hinauswagte in die Öffentlichkeit.

Eine Wand mit Regalen. Helle Bretter aus Holz, und auf ihnen reihten sich, dicht an dicht, ovale, sehr natürlich anmutende Köpfe.

„Keine Angst, sie sind unecht."

„Warum machen Sie sie?"

Schädl trat etwas näher und hob die Schultern. „Ich weiß es, und manchmal weiß ich es nicht."

Er nahm einen herunter und reichte ihn Magda, und die Geste riß sie aus der Wirklichkeit. Sie kannte diese Szene, sie spielte sie nach, Jahrzehnte später, doch statt des Schrecks, den die Mutter damals empfunden haben mußte, besah sie sich neugierig das federleichte Ding. Es war lackiert. Es glänzte weiß. Die großen, schwarzen Augenhöhlen waren aufgemalt, ebenso die Nasenlöcher und die Kieferpartie. Die hohen Stirnen zeigten reiche Verzierung, mit feinen, gleichmäßig geschwungenen Strichen.

Sie verglich die Köpfe. Sie ähnelten sich. Die Wangenknochen standen gleichmäßig hervor, die Nasenbeine waren flach, die Schläfen hoch und schmal.

Ein Gebirgsdorf sei es, hatte die Mutter erzählt, tief in den Bergen, an einem See. Zwischen Gestein und Wasser gebe es so wenig Platz, daß der Gottesacker zum Problem geworden sei.

Magda mußte lächeln. Sie hatte damals nicht gewußt, was ein Gottesacker ist und sich Erde vorgestellt, die der liebe Gott persönlich bestellte. Deshalb hatte sie damals auch nicht verstanden, warum es plötzlich Tote gab, die man nach zehn Jahren aus den Gräbern holte, ihre Köpfe bemalte und in einem Beinhaus aufbewahrte.

„Wo liegt dieser See?" fragte sie den Alten.

„Auf der anderen Seite des Berges", sagte er.

„Ist er schön?"

„Vielleicht."

„Haben Sie ihn nicht gesehen?"

„Nein."

„Sie waren noch niemals dort?"

Schädl stand vor ihr mit hängenden Armen, und er wirkte jetzt traurig. „Nein", brummte er. Er nahm ihr den Kopf ab, trug ihn zum Tisch und stellte ihn in einen leeren Blumentopf. Er nahm einen Pinsel. Er drückte Farbe in ein Näpfchen. „Das Blau kann kräftiger leuchten", sagte er, „sie liebte das, sie hat oft gefragt, warum der Himmel einen Spiegel bevorzugt, der ihn so viel dunkler erscheinen läßt."

„Sie kannten sie?"

„Der Totengräber kennt alle. Sonst würden die Verwandten ihm den Kopf nicht anvertrauen."

Er warf mit Schwung einen naßblauen Strich über die Augenhöhlen und betrachtete ihn.

„Weißt du, es ist kein gewöhnlicher Maler, der den Toten ihr letztes Gewand verleiht. Schließlich müssen sie es tragen, jahrtausendelang." „Aber es ist doch nur Pappe."

„Immer noch zu hell ... Vielleicht noch etwas Schwarz."

„Bitte, w a s t u n S i e h i e r ?"

Sie kann den Jäger nicht anschauen. Auch den jungen Burschen nicht. Sie ist wütend, und sie schämt sich für dieses Gefühl.

Sie beobachtet den Mann. Er ist vollkommen ruhig. Sie hätte ihm diese Geduld nicht zugetraut, sie ist mit ihm in die Wand gestiegen, um ihn zu prüfen, und jetzt sieht es so aus, als stünde sie selbst vor einer Prüfung.

Sie fühlt sich geschwächt. Etwas Fremdes, Störendes ist zwischen sie und den Mann geraten, etwas, das sie bedroht und

aus dem Rhythmus bringt.
Der Mann gibt Anweisungen. Die anderen nicken. Sie sind sehr kleinlaut und hängen mit einer so ungeheuren Erwartung an ihm, daß die Frau sich fragt, wie er das tragen kann.
Schon tanzt er wieder nach oben. Noch leichter als bisher. Die Not der Männer scheint ihn nicht zu betreffen, ist Mangel an Mitgefühl hier eine Qualität? Beherrscht folgt sie ihm einen Weg, der nicht schwieriger als die bisherigen Passagen ist, doch ihre Angst zu versagen, wächst mit jedem Schritt und so scheint es ihr die längste und auch die härteste Seillänge dieses Tages zu sein.

Er hatte das Stroh beseitigt, Matratzen heraufgeschleppt, ein paar von den Schaffellen und buntgewebte Decken.
Der alte Herd qualmte. Es roch scharf nach Rauch. Martin stellte einen Kessel auf die Feuerstelle, die Holzbank war repariert, der Tisch abgewischt. Er bereitete einen Jagertee, und das heiße, kräftig alkoholische Getränk wärmte und entspannte ihre Glieder.
Magda stieg nach oben. Zog die Schublade auf. Die Erinnerung daran, daß das klemmende Ding ihr Martins Schultern in die Hände geworfen hatte, ließ sie lächeln, sie hatten schon Geschichten, sie konnten schon zurückdenken und die Sätze vertraulich beginnen mit den Worten: weißt du noch?
Sie nahm das Einhorn mit nach unten. Es erinnerte sie an die Köpfe. Es war genau so leicht und gleichzeitig stabil, sie hielt es sich an die Stirn, „Hat Schädl das gemacht?"
„Er hat viel für uns gebastelt. Und manchmal hat er auch Geschichten erzählt, besonders für den Klei-

nen."

Der Rauch ließ jetzt nach. Martin öffnete die Tür, ein kalter Luftzug fegte bis unters Dach. Als sie ihn so stehen sah, scharf umgrenzt vom Licht, wußte sie, daß er etwas auf sich genommen hatte, ein Geheimnis, das ihn auszehrte seit langer Zeit und das ebenso schwer zu tragen wie abzulegen war.

„Weißt du auch, was passiert, wenn das letzte Einhorn stirbt?" Er schloß die Tür und zündete Kerzen an. „Dann stirbt auch die Liebe." Er sagte es ohne Gefühl.

„Aber du lebst", sagte Magda.

„Es gehörte dem Kleinen."

„Dann nimm du es für ihn?"

„Ist das wirklich so leicht?"

Nein, das war es nicht, Magda glaubte sogar, daß es nicht gut war, von anderen etwas zu übernehmen, daß es früher oder später, ganz egal worum es ging, in eine Sackgasse führen würde.

„Er war anders als ich. ... Er war immer verträumt. ... Als gäbe es da draußen nicht die rauhe Wirklichkeit, sondern nur schöne Dinge. Er war voller Vertrauen."

„Hat Schädl ihn deshalb mehr geliebt als dich?"

Es war schwer gewesen, diesen Satz zu sprechen, Magda spürte, wie tief die Verletzung ging. Sie saßen da ohne Ausweg, asthmatisch war der Raum jetzt mit Luft vollgepumpt - atme, du mußt atmen!

Sie schliefen miteinander. E r nahm s i e . Sie hatte eine Grenze überschritten, jetzt half er ihr zurück ihr eigenes Maß.

Er schien bewußtlos danach. Er atmete ruhig. Magda schaute auf ihn und die bunten Decken und das dunkle Holz und das winzige Fenster, und als spürte er seine Ausgeschlossenheit, winselte draußen vor der Hütte der Hund.

Der November erlag. Es gab keine Kämpfe mehr. Der Schnee würde kommen und den großen Schlaf entfachen, und manchmal entstand dabei auch ein kleiner Schlaf. Magda ließ den Hund herein. Blies die Kerzen aus. Als sie hochstieg zu Martin, ächzte die Stiege, aber selbst die Tatsache, daß diese Hütte jeden Augenblick zusammenstürzen konnte, vermochte sie nicht mehr zu beunruhigen. Das Leben war hier. Es atmete wieder. Der natürliche Rhythmus war zurückgekehrt, direkt unter das Holzdach, zu dem pfeifenden Herd, in die Ritzen der Balken und losen Dielen.

Der Geruch des Rauches hatte sich vermischt mit dem von Holz und Stroh, und Magda dachte an die Mutter. Sie hatte diesen Duft in die Wohnstube gezaubert mit ihren Geschichten, und während Lynn schon damals die Worte behalten hatte, stellten sie sich für Magda erst jetzt durch die Nähe zu den Dingen ein.

Lange lag sie wach, jenseits von Tag und Nacht, die Augen in ein transparentes Dunkel gerichtet. Sie lag hier seit Jahrzehnten, sie lag immer schon hier, sie war verwachsen mit dem Geräusch der Stille und der belebenden Essenz der Einsamkeit. Und während sie noch vor wenigen Wochen geglaubt hatte, ausweglos am Ende zu sein, nahm sie jetzt gelassen einen neuen Anfang wahr.

Als auch der Jäger aus ihrem Blickfeld verschwunden ist, den der Mann mit Hilfe des Flaschenzuges über den Überhang gezogen hat, scheint es der Frau, als senke sich der Tag und mit

ihm ihre Kraft und vielleicht ihr Leben. Sie weint augenblicklich. Sie hat sich überschätzt. Sie hat nicht wirklich mit Schwierigkeiten gerechnet, nach ihrer ersten Panne auf dem Eisfeld des Zustiegs glaubte sie, daß nichts mehr geschehen könne.
Sie hockt sich auf das Gestein. Es ist angenehm warm. Sie faltet sich zusammen wie ein gelenkiges Insekt, nur darauf bedacht, wenig Angriffsfläche zu bieten.
Die Natur nicht lesbar. Die überhängende Schlucht unterbricht den akustischen Kontakt nach oben, die Frau hört nichts, sie sieht nichts, sie verliert sich als Punkt in der gigantischen Wand, allein mit saugender Tiefe.
Sie schaut auf die Uhr. Es ist gleich vier. In spätestens drei Stunden will er zurück sein, dann wäre es erst um sieben und noch ausreichend hell, und wenn er die beiden über den Überhang gebracht hat, wird sie diese Schwierigkeit aus eigener Kraft schaffen.
Sie muß sich ablenken. Nur nicht zuviel denken. Sie muß alles, was sie gelesen hat und was sie an dramatischen Geschichten weiß, versuchen zu vergessen und sich für eine Zeit in das innere Reich des Einsiedlers begeben. Er sei sehr alt geworden. Er habe Feuer gemacht, indem er ein Stück Eis zu einer Linse geformt und die Sonnenstrahlen gebündelt habe.
Die Sonnenstrahlen ... Sie zittern um ihre Füße. Sie sind farblos, und doch weiß die Frau, daß das Licht um diese Zeit einen hohen Gelbanteil hat, was jede Fotografie entsprechend einfärben würde. Auch der Fels wäre gelb. Die weißen Strände am Meer. Die blendenden Gletscher oben würden allmählich vom Weiß in Orange und Ocker wechseln und in diesem malerischen Gewand Unerfahrene gefährlich verführen.
Sie kennt solche Fotos. Wie so vieles ist für sie auch der Tourismus ein Kostüm, ein farbenprächtiger Mantel über einer

befremdlichen Zivilisation, die den Kern nicht mehr zeigt, die mit bunten Schalen lockt. Auch das Klettern ist Teil einer solchen Schale, Menschen allen Alters suchen in den großen Städten den Halt durch ein Seil, durch einen sichernden Partner. Die Kommandos sind klar. Die Möglichkeiten begrenzt. Man erreicht den nächsten Griff, oder man erreicht ihn nicht, und dann erhält man Rat und kann weiter trainieren, Körpertechnik, Kraft, und beim nächsten Mal schafft man den Zug und hat sichtbaren Erfolg, der zweifelsfrei ist, den man mit anderen teilen kann.

Hochgebirge aber haben ihre eigenen Gesetze, sie weiß das, und inzwischen weiß sie auch, daß diese Gesetze auf die Menschen übergreifen, die lange Zeit in ihrer Nähe weilen. Dem Jäger ist das fremd. Er hatte nur das Ziel, hier angenommen und geachtet zu werden, was ihm bisher nur wenig gelungen war. Die Frau versteht ihn. Ihr Urteil wird milder. Und ohne es zu wollen, denkt sie doch wieder nach und fragt sich, ob sie selbst nicht in dieser Lage ist.

Abends saß sie im Jeep. Sie fuhr mit Martin in den Ort, um etwas zu essen, wie er lakonisch bemerkt hatte, aber in seiner Haltung war eine feine Spannung, und die elegante Kleidung hatte Magda überrascht.

Zuerst betraten sie ein Café, danach eine Disko und eine kleine Bar. Martin bestellte zu trinken, schaute sich um, machte den Wirt mit Magda bekannt und wechselte ein paar geschäftliche Sätze mit ihm. Wegen des Dialektes verstand Magda nicht viel, aber eins war deutlich: er war der Chef, und sie sah, daß er ihr Erstaunen sehr genoß.

„Noch gehört alles Schädl", eröffnete er ihr und ging ihr voran in eine große Schänke, aus der dumpfer

Lärm und Life-Musik drangen. Drinnen viel dunkles Holz. Die wuchtigen Balken hingen beinahe bis in Kopfhöhe herab, kleine Trennwände mit Fenstern, die den Raum in Nischen teilten, und über dem Tresen ein langgestreckter Balkon wie die Empore einer kleinen Kirche.

Das Licht kam von Kerzen und gußeisernen Lampen, deren rote Stoffbespannung die Gesichter verfärbte, so daß Martins Haut aussah wie Indianerhaut. Er bestellte jetzt Essen. Er schien viele zu kennen. Der Wirt und zwei hagere Frauen in Dirndeln setzten sich schließlich zu ihnen, und Magda fiel auf, daß die Frauen sie nicht beachteten. Sie rauchten, sie sprachen lebhaft auf Martin ein, Neuigkeiten aus dem Ort, die sie so verpackten, daß sie auf Außenstehende Eindruck machen konnten. Es war etwas verschwörerisches an der Art, wie sie Magda ausgrenzten, und nur Martin schaute ab und zu mit einem Schmunzeln zu Magda hin. Er reichte ihr Zigaretten. Erleichtert griff sie zu. Ihr Verhältnis war stabil, es brauchte nur diese Geste, Magda spürte, daß Martin sich in diesem Moment mit ihr zu schmücken suchte und mit den Frauen spielte, doch die beiden spielten nach denselben Regeln mit, und Magda empfand ihrerseits Martin als Schmuck.

„Führst du seine Geschäfte?" fragte sie, als sie später allein mit ihm in der Almhütte saß.

„Er hat keine Kinder."

„Hat er dich adoptiert?"

„Er wollte es. Aber nach dem Unfall hat er nie wieder etwas davon erwähnt."

„Ich hatte den Eindruck, daß man dich sehr achtet."

Ein kleines, stolzes Lächeln geriet in sein Gesicht.
„Nur, weil ich beim Klettern so viel riskiere."

Es ist mehr, dachte Magda, in seinem Leben ist Tragik, und davor haben die Leute Respekt.

„Weißt du eigentlich, was Schädl in seiner Kammer macht?"

„Weißt du es etwa?" Es schien ihn zu befremden.

„Ja", gab sie zu.

„Er hat es dir gezeigt?"

Martin lockerte den Griff, mit dem er ihre Hand auf dem Tisch gehalten hatte und lehnte sich zurück.

„Warum tut er das?"

„Wie hast du das hingekriegt?" Es klang feindselig.

„Ich weiß nicht -"

„Niemand ahnt es auch nur. Sie nennen ihn Schädl, ohne zu wissen, warum. Weil er so dickköpfig ist, sich nie reinreden läßt."

„Martin -"

„Und du entlockst ihm sein Geheimnis! Was hast du mit ihm? Da muß doch was sein."

„Ich kenne ihn." Magda wendete den Blick von Martin weg, zum Fenster hin. „Ich kenne ihn schon eine Ewigkeit."

Ein Riß ging plötzlich durch die buckligen Dielen, durch die Tischplatte, das Dach, auf der einen Seite sie, auf der anderen, mit großen, erschrockenen Augen, Martin, sperrig und unerreichbar jetzt. Es war ein langes Schweigen. Sie hatten keinen Krieg. Sie starben nur. Und sie wußten nicht, warum.

„Martin, sprich mit mir. Was geht hier vor?"

„Das fragst d u m i c h?"

Er sprang auf, ging zum Tresen, der Hund trottete

hinterher, er spürte die Aufregung, stellte sich hin und bellte, mitten im Raum, laut und aufgeregt. Martin holte eine neue Flasche Rotwein hervor, entkorkte sie, goß ein und trank sein Glas sofort aus.

„Ich habe gleich gewußt, daß mit euch etwas nicht stimmt. Hast du deshalb die Journalistin mitgebracht?"

„Du lieber Gott, Martin, wovon redest du? Lynn ist meine Freundin, ich verstehe dich nicht."

„Wie ihr euch angeschaut habt ... diese vertrauten Blicke ...!" Er leerte das nächste Glas. „Ich hab es immer gewußt."

„Was hast du gewußt?"

„Daß da noch jemand ist."

„Hör auf, in Rätseln zu sprechen."

„D u sprichst in Rätseln."

Magda nahm sich zusammen, es war immer das gleiche: sobald sie mit einem Mann geschlafen hatte, war Gesprächen der ruhige Boden entzogen. „Ich kenne ihn aus vielen Geschichten meiner Mutter. Sie war vor langer Zeit hier."

„Warst du da schon geboren?"

„Nein."

„Und sie lebt im Osten Deutschlands?" Es klang ein wenig wie bei einem Verhör, bei dem der Fragende bereits alles weiß.

„Sie ist tot", sagte Magda irritiert.

„Seit wann?"

Magda hatte sich das anders vorgestellt: ein vertrauliches Flüstern in Martins Armen, offene Neugier darauf, wer der andere ist. Diese Fragen aber setzten sie unter Druck, als verschwiege er etwas. „Worauf willst du hinaus?"

„Weißt du", sagte er, „das fasziniert mich immer wieder. Du triffst eine Frau, beginnst ihr zu vertrauen, und wenn du das Gefühl hast, sie ein wenig zu kennen, kennst du sie plötzlich gar nicht mehr."

Er sah sie dunkel an, und das tat ihr weh, er war nicht irgendwer, er war der Mann, den sie liebte, und sie wußte nicht, warum er jetzt so abweisend war. „Was meinst du damit?"

Aber Martin schwieg. Die Färbung seines Gesichts kam jetzt eindeutig vom Wein, je mehr er trank, um so mehr verschloß er sich, bis es Magda so verletzte, daß sie den Tränen nahe war. Sie beugte sich zu ihm. „Sag doch was", flehte sie. „Ich weiß nicht, was los ist, ich habe nichts getan, laß mich doch nicht so bitten!"

Da stand Martin auf, ging an Magda vorbei, griff die Fernbedienung und schaltete den Fernseher ein.

Sie stürzte einsam durch die Nacht. Sie peitschte sich die Straße hoch, als könnte sie mit ihrem hechelnden Atem die Tränen bekämpfen, die sich Bahn brachen jetzt. Der Asphalt schimmernd vom Regen. Ein halber Mond goß etwas Licht auf die Südwände und ließ sie naherücken.

Ein Sog erfaßte Magda. Da hinauf! Den Körper in einen Aufstieg hetzen, der die Seele im physischen Schmerz betäubt. Es war ein rasender Entschluß. Sie stürmte am Hotel vorbei. Es war nicht nur Martin, den sie totlaufen wollte, sondern die Niederlagen, die Drohungen des Alters, die sich aufbäumten hinter jeder Ablehnung. Jeden Morgen sprach der Spiegel eine feine Sprache: Ringe unter den Augen, hier und da graues Haar, auch die Schneidezähne waren nicht mehr ganz so weiß wie einst.

An der Seilbahnstation Licht. Der Weg zunächst gut sichtbar. Es konnte nichts passieren, bis zur Südwandhütte gab es keine Abbrüche, Magda stieg, so schnell sie konnte - sie ging nicht spazieren, sie schlug eine Schlacht.

Sie stieß sich an Ästen. Rutschte auf nassen Wurzeln aus. Ihre Schuhe waren für das Gelände nicht geeignet, doch sie fand eine böse Freude daran, ihre Liebe komplett in die Erschöpfung zu treiben.

Dann plötzlich Wolken. Die Sohlen rutschten auf Schlamm. Sie ging vorsichtig weiter, bog um einen Felsblock, ein kleines Schneefeld leuchtete vor ihr. Sie hielt es für Firn, sie sah es nicht genau, sie trat kräftig hinein, es war vereist, sie rutschte ab. Das zweite Bein noch im Schotter, verlor sie sofort die Balance, sie schlug auf die Hüfte, dann auf Ellbogen und Knie. Sie landete etwa fünf Meter weiter unten am Ende des Schnees in einem eisigen Rinnsal, das Wasser floß in ihre Schuhe und durchnäßte die Hose. Hilflos blieb sie sitzen. In stillem Schock. Das Gefühl des Triumphs wich dem des kläglichen Scheiterns, und zu alledem hatte sie jetzt auch noch Angst.

Auf allen Vieren kroch sie aufwärts. Hielt sich dicht neben dem Schnee. Das spitze Gestein zerriß die Haut ihrer Finger, auch hatte sie jetzt wirklich keinen Atem mehr. Als sie endlich den Weg und dann die Straße erreichte, fühlte sie sich doppelt elend, weil zweifach besiegt, und sie hatte keinen anderen Wunsch, als sofort ihre Sachen zu packen und heimzureisen.

Lynn jedoch lachte. Sie sah zwar den Ernst, doch Magda trug ihn so übersteigert zur Schau, daß nur Lachen retten konnte. „Du müßtest dich sehen!"

Sie holte Verbandszeug. „Warst du klettern mit dem Irren?"

„Wieso?"

„Weil nur einer, der nicht bei Verstand ist, dich so zurichten kann."

Magda warf sich in den Sessel, drückte jammernd ihr Knie und sagte leise und sehr verzagt: „Ich zerbreche mir den Kopf, aber ich weiß nicht, was war."

„Das ist ein Markenzeichen dieser Kerle."

„Und das heißt?"

„Du wirst es nie erfahren. Das ist ihr Charisma. Sie geben dir das Gefühl, versagt zu haben, behalten aber die Details für sich. – Schreib ihn ab."

Magda nickte. „Und was hast du gemacht?"

„Ich hatte ein bizarres Erlebnis mit Herbert."

„Aha –„

„Stell dir vor, ich war mit ihm auf der Jagd."

„Bei dem Wetter?"

„Darum ging es ja. Dieser Trottel hat geglaubt, er könne mir imponieren, indem er mich vor einem Bären beschützt."

„Aha – ?"

„Es war natürlich kein Bär. Es war ein Schottisches Hochlandrind, so mit Zotteln im Gesicht, er hat wohl gedacht, vor lauter Regen und Nebel erkenne ich das nicht."

„Aha. – Lustig."

„Es interessiert dich nicht."

„Nicht sehr ... tut mir leid ... entschuldige -"

„Also gut. Was genau ist passiert?"
Magda sprach sofort los, holte weit aus, verhedderte sich, fing noch einmal an. Sie versuchte es kürzer, bis ihr Lynns Gesicht verriet, daß sie zuviel weggelassen hatte, wodurch das ganze nicht zu verstehen war. Erst beim dritten Anlauf gelang es ihr, den Dialog mit Martin nachvollziehbar zu schildern, auch das, was ihr eben nicht nachvollziehbar schien.
Lynn war geduldig. „Die Lösung liegt dazwischen. In dem, was er n i c h t sagt."
„Aber was sagt er nicht? Ich habe keine Ahnung. Es geht irgendwie um Schädl, Martin fühlt sich schuldig, aber ich verstehe nicht, was das mit mir zu tun hat. Er greift mich an, weil ich von diesen Köpfen weiß. Warum? Ich nehme ihm doch nichts weg."
„Vielleicht doch", sagte Lynn.
Magda kroch aus dem Sessel und trat hinaus auf den Balkon. Der Mond war wieder da, die Südwand unverändert, irritiert wich Magda ins Zimmer zurück.
„Ich kann mich ihr nicht entziehen", sagte sie pathetisch.
„Fein. Das Ergebnis stand eben in der Tür."
Magda schaute auf ihre zerschundenen Finger, sie konnte immer noch nicht lachen. „Weißt du, einerseits sehe ich genau, was da zukommt auf mich: ich hätte mit dem Mann u n d den Bergen zu tun."
„Das klingt wie in einem alten UFA-Film."
„Möglich. Weiß ich. Paßt jetzt aber für mich."
„ Na gut. - Und andererseits?"
„Fühle ich mich wohl."
„W i e b i t t e ?"
„Ja, ich fühle mich wohl. - Endlich mal eine Heraus-

forderung. Die leere Wohnung zuhause, das Labor, die Kunden, zwei Drittel des Tages nur Bewerbungsfotos. Ich bin sechsundvierzig. Da muß doch noch was sein."

„Manchmal geht es mir ähnlich", sagte Lynn jetzt ernst, „ich merke es nicht so, ich stecke zu sehr in Arbeit. Aber was ich früher geliebt habe ... und auch gesucht: Abwechslung, Bewegung, das ist in letzter Zeit nur noch Streß. Glaubst du, daß wir mal weiter waren?"

„Inwiefern?"

„Inhaltlich." Sie legte sich aufs Bett. „Daß wir mehr geschaut haben, w a s wir tun, als wieviel in welcher Zeit mit welchem Markterfolg."

„Ja."

„Strengen wir uns zu wenig an?"

Auch Magda war in die Nachtwäsche gekrochen, sie nahm eine Zigarette, zündete sie jedoch nicht an. „Das kann ich nur für mich selbst beantworten. Ich strenge mich an. Aber ich habe kein Ziel."

„Ach Magdi –"

„Ich weiß nicht, wohin es geht. Meine Arbeit ist ein Job – reines Geldverdienen. Ich möchte viel mehr, aber wie soll das gehen? Es gibt zu viele Fotografen, zu viele Tänzer, Musiker, Schauspieler, Maler, Autoren. Man hat etwas gesät, es hat sich ausgewachsen, und jetzt ist die Ernte derart reich, daß ein großer Teil davon verderben wird."

„Das klingt ziemlich traurig."

„Ich b i n traurig, Lynn. – Andererseits sehe ich darin auch eine Chance."

„Welche?" Lynn nahm Parfüm vom Nachttisch,

sprühte etwas aufs Handgelenk, schnupperte daran.
„Indem ich beruflich nicht ausgelastet bin, kann ich mich um innere Dinge kümmern. Woher ich komme, zum Beispiel. Die Familie ist ein Muster. So wie sie funktioniert, oder nicht funktioniert, genauso trete ich in die Außenwelt."
Magda redete sich hinein in die Gedanken und die Gedanken wiederum aus sich heraus, es tat ihr gut, es war erleichternd für sie, sie mußte ein wenig verallgemeinern, ein wenig weg dem, was so nahe lag und beunruhigend war, weil es sich nicht klären ließ. Nicht schnell. Nicht jetzt. Hieß das nicht auch Leben: erkennen, auf welcher Stufe der Entwicklung sie stand und diese zu akzeptieren? Warum war das so schwer?
„Also wer bin ich? - Vielleicht ist es so, daß ich diese Frage erst beantworten muß, bevor ich wieder Erfolg haben kann. Daß das dann ein anderer Erfolg sein wird. Und es betrifft nicht nur mich, es betrifft uns alle, diese ganze Gesellschaft ist doch krank. Es wird eine Wandlung im Bewußtsein geben müssen, das weiß ich, aber ob es die Gesellschaft schon weiß ...?"
Lynn schien zu schlafen, Magda lächelte, es kam ihr ein bißchen vor wie Flucht, ähnlich der, die sie selbst ergriffen hatte, als es um jene Skelettfrau ging. Ein Stück Dachrinne klapperte. Die Balkontür war nicht dicht. Das Hotel bedurfte dringend einer Renovierung, und Magda fiel ein, daß es noch Schädl gehörte.
„Was nehme ich ihm weg?"
„Ich bin müde."
„Dann wach auf. - Du hast gesagt, ich nehme Martin etwas weg. Was?"
„Schädls Liebe ... vielleicht ..."

„Wieso?"
„Weil er dich mag. Und Martin hat das gemerkt."
Magda fiel nach hinten, als hätte ein Geschoß sie frontal getroffen und langgestreckt. Er hat ja recht, dachte sie, er hat ja so recht. Auch sie hatte diesen alten Mann sofort gemocht, als wäre die längst vergangene Liebe der Mutter auch auf sie übergegangen.
„Meinst du, daß sie ihn geliebt hat?"
„Deine Mutter? Ja."
„Und warum ist sie weg? Wegen der Totenköpfe?"
Lynn knipste das Licht an und setzte sich auf. „Hat dir schon mal wer gesagt, daß du nervig bist?"
„Ja. Du."
„Sie wollte zu ihm zurück."
„Wie denn?"
„Bevor die Grenzen zugemacht wurden."
Wahrheiten, die man lange übersieht, können in einem einzigen Augenblick das bisherige Bild der Vergangenheit verändern. „Moment mal – w a n n ist Mutter hier weg?"
„Keine Ahnung –"
„In welchem Jahr!?"
Magda sprang aus dem Bett, kramte in ihrer Tasche, fischte das Foto hervor und starrte es lange an. „Diesen Berg sieht man von hier aus. – Komm her, komm her!" Sie sprang auf den Balkon, unscharf und dunkel hob sich links ein runder Rücken vom Horizont ab. „Genau! Das ist er! Das ist dieser Berg. Er war hier! Lynn, sie waren b e i d e hier! - - Ich muß sofort zu Schädl!"
Sie zerrte die Jeans über die Schlafanzughose, fuhr in den Pullover und die durchgeweichten Schuhe.

„Magda, es ist Nacht."
„Ich muß zu ihm ... sofort ..."
„Du machst nur etwas kaputt."
Magda antwortete nicht, sie wühlte in der Tasche nach dem Lippenstift, Lynn kannte diese Szene und stellte sich an die Tür. „Bleib hier."
„Laß mich raus."
„Magda!"
„Laß mich raus!"
„Du solltest ihm bei Tageslicht in die Augen sehen. - Falls er es wirklich ist."
„Falls er w a s ist?"
„Dein Vater."

Wie es möglich war, die drei Stunden zu überstehen, weiß sie nicht mehr, die Frau schaut auf die Uhr und erschrickt beinahe – die Zeit ist um! Von jetzt an wird sie warten, alles vorher war nur Spiel, war nur Vorbereitung, sie hat ein wenig gedöst, hat vielleicht sogar geschlafen, doch was jetzt kommt, ist ernst, jede einzelne der nächsten Minuten zählt doppelt, und mit jeder, die vergeht, wird die Anspannung wachsen.
Letzte Sonne auf den Almen. Ganz dünn klingt tatsächlich das Läuten von Kuhglocken zu ihr herauf, sie hat den Helm abgesetzt, der Überhang schützt vor Steinschlag.
Sie muß Wasser lassen. Sie hat es lange verdrängt. Es ist eine umständliche Angelegenheit, sie steigt aus dem Hüftgurt, verlängert mit einer Schlinge ihre Sicherung am Brustgurt, was jedoch nicht reicht, um ihren Standplatz zu verlassen. Sie schämt sich. Es ist, als beschmutze sie ihr Nest. Sie klinkt sich ganz aus und hockt sich sehr vorsichtig an den äußersten Rand, nicht wenige Bergsteiger sind bei so einfachen Verrichtungen abgestürzt.

Sie bemerkt leichten Schwindel. Damit hat sie nicht gerechnet. Sie weicht zurück bis zur Wand und hält sich krampfhaft fest, steigt hastig in den Gurt und wird erst wieder ruhiger, als sie verläßlich in der Sicherung hängt.
Sie ißt etwas Schokolade. Vielleicht hat sie nur Hunger. Ohnehin ist es gut, sich jetzt abzulenken, sie zieht die Kletterschuhe aus und die Bergschuhe an, sie sind wärmer und vor allem weniger eng. Während sie die Schnürsenkel bindet, hört sie oben in der Wand ein paar kleine Steine fallen, und das Geräusch, das sonst so gefürchtet ist, erfüllt sie mit unvorstellbarer Freude.

Nachts träumte sie. Die Mutter sprach mit ihr. Der Druck, der sich entlud, gab ihr eine neue Sprache, wie aus einem Zentrum, das sich in Magda befand, zu dem sie aber selbst keinen Zugang finden konnte:
Warte nicht auf den Schlaf, er wird nicht kommen. Frage nicht: warum? - es ist die müßigste Frage. Die halbe Fotografie, ergänze sie um deine Hoffnung. Sieh nicht in die Landschaft, sie ist nur eine Bühne, sie verführt, sie lenkt ab, Landschaft weiß nichts, sie i s t. Atme ruhig. Schweige deutlich. Schau der Freundin ins Gesicht und erkenne darin, wer du wirklich bist. Vertraue der Unschuld. Verachte den Zweifel. Gib der Erinnerung die lang erarbeitete Chance. Nimm die Irrtümer ernst. Gestatte dir Tränen. Sieh die Dinge, die hinter den Dingen sind, die Zeit vor der Zeit, und umgib sie mit Körpern. Erwarte die Ankunft. Feiere sie als ein Fest.

Dem Geräusch folgt Stille. Es waren nur Steine. Die Wand versinkt wieder in der Lautlosigkeit, die den Raum quälend dehnt und damit auch die Zeit.

Die Frau hält die Luft an. Es ist ein Versuch, dem Druck in der Brust entgegenzuwirken, doch es funktioniert nicht, und sie weiß ja auch nicht, was die Angst wirklich anrichtet in den Organen. Eine stechende Beklemmung steigt in ihr auf, ein vernichtendes Gefühl von Verlassenheit.
Sie steht auf. Sie geht, soweit die Sicherung es zuläßt, an den Rand und schaut hinunter, als könne sie dort irgendeine Veränderung erkennen, ein Zeichen, eine winzige Aussicht auf Hilfe.
Die Almen fallen in Schatten. Der Wald, der das Tal an beiden Seiten schützend begrenzt, steht in klarer Schwärze, die Luftfeuchtigkeit ist so gering, daß sich kein Nebel bilden wird.
Warum hat er sie h i e r zurückgelassen, unter der schwierigsten Stelle der ganzen Tour? Es hätte doch sicher eine Möglichkeit gegeben, auch sie den Überhang heraufzuholen, dann hätte sie eine Chance, dann würde sie sich vielleicht allein weiterwagen, das wäre immer noch besser als dieses dröhnende Nichtstun, dieses Beobachtenmüssen der eigenen Gedanken, die sich im Kreise drehen.
Also gut: nicht mehr zweifeln. Er weiß, was er tut. Da oben ist wahrscheinlich ein schlechterer Standplatz, oder noch ein Überhang, den er klug verschwiegen hat. Diese Nische hier ist wenigstens etwas geschützt. Kein Steinschlag. Kein Wind. Und der Fels strahlt Wärme ab. Sie kriecht zurück in den äußersten Winkel und reibt sich die klammen Hände an den Oberarmen warm. Doch die Kälte kommt von innen. Plötzlich merkt die Frau, daß ihr Vertrauen in den Mann unerwartet brüchig ist. Ihr allererstes, eisiges Erlebnis mit ihm - sie hatte es vergessen, sie weiß nicht einmal mehr, wie lange es zurück liegt, selbst am Anfang der Tour, als die Zweifel sie bedrängten, hatte sie es vergessen, sie wäre sonst tatsächlich umgekehrt. Zeigt sich jetzt, daß sie es noch nicht verarbeitet hat?

Sie wollte Schädl aufsuchen und begegnete Martin. Er jagte den Hund die Wiese herauf und hatte selbst ein Tempo, als würde er verfolgt.

Er war naßgeschwitzt. Er trug nur ein Hemd und eine kurze Hose, die gebräunte Haut glänzte in der Sonne wie eingeölt.

Sie ging an ihm vorbei. Er hielt sie fest. Als er ihr Gesicht sah, ließ er sofort los, etwas war mit ihr passiert, ihr Blick kam von weit, als müßte sie sich erinnern, wer er war.

Sie war ohne Zorn. Weder heiter noch ernst. Sie kam wie aus einer anderen Sphäre, in der es keine Fragen, nur Antworten gab. Er wurde sofort unruhig. „Was hast du heute vor?"

Sie antwortete mit einem ausdruckslosen Lächeln, das jenem des ersten Abends glich, als sie staunend vor der Hütte gestanden hatte. Martin wich zurück. Es betraf nicht ihn. Wo immer sie jetzt hinginge und was immer sie täte, er war ausgeschlossen, es ging um mehr als ihn, diese Frau war nicht ohne Grund hierhergekommen, er hatte es vom ersten Tag an gewußt. Aber gleichzeitig fühlte er sich von dem scheinbar so fremden Geschehen wie aufgesogen, es betraf ihn eben doch, es war auch s e i n Leben, in dem sie herumgrub, er wollte das nicht, er wollte die Frau nicht und nicht diese Liebe, die alles bewegte, er hatte Jahre gebraucht, um zurecht zu kommen, mit dem Vorwurf Schädls, dem Verlust der Brüder, die Arbeit und das Klettern, das hatte ihn erfüllt.

Er sah Magda an. Ihre Schönheit war wie Hohn. Sie war ruhig und gefaßt und unnahbar wie eine griechische Steinskulptur, und die Tatsache, daß er mit seinem gestrigen Verhalten dieser Skulptur den letzten Schliff verliehen hatte, schmerzte zusätzlich. Rien ne va plus ...

Aber mehr noch beunruhigte ihn, daß sie im Begriff war, etwas zu tun, das alles aufwirbeln würde, das er fürchtete seit jenem fernen Moment, in dem sie ihm das Foto gezeigt hatte.

„Laß uns wandern!" schlug er vor. „Ich habe Zeit."
„Später", sagte Magda.
„Ich zeig dir tolle Motive!"

Es klang verzweifelt, er wirkte gehetzt, selbst Magda wurde jetzt aufmerksam. Aus der Distanz heraus, in der sie sich befand, sah sie vor sich einen Menschen, der in die Enge getrieben war, der davonlief vor etwas und es verhindern wollte, ohne daß für Magda erkenntlich wurde, was an ihrem Tun ihn in Panik versetzte.

Sie wendete sich ab und ging zur Hütte hinunter. Die Antwort lag dort. Jede Störung hatte da ihre unsichtbaren Wurzeln, und sie würde sie jetzt freilegen oder für immer von hier verschwinden, es gab keinen Frieden z w i s c h e n diesen Männern und keine Wahrheit n e b e n ihnen, alle Liebe lief sich tot.

Schädls Tür stand offen. Magda trat hindurch mit der Sicherheit dessen, der keinen andern Ausweg sieht. Auf dem Tisch drei Köpfe. Im hereinfallenden Licht sah Magda plötzlich, daß sie sich völlig glichen: das Kinn, die Wangenknochen, die Augenhöhlen. Die Bemalung auf der Stirn war auserlesen, die Farben leuchtender als bisher, die Linien feiner.

„Es sind die besten", sagte Schädl. Magda fuhr herum.

Der Alte trat aus dem dunklen Teil der Kammer, und er schien gewachsen, als hätte er das letzte Stück einer Arbeit, die ihn niedergedrückt hatte, endlich erledigt und von den Schultern geworfen.

„Es ist e i n Gesicht", sagte Magda leise, und jedes Härchen ihres Körpers richtete sich auf. „Es gibt nur e i n e Tote."

Schädl trat auf sie zu, als wollte er sie berühren, es war ein Reflex, doch er bremste ihn und wich wieder in den Schatten zurück.

„Sie ist gestorben", sagte er.

„Wann?"

„Vor vierzig Jahren. Oder fünfundvierzig. Ich weiß es nicht mehr."

„Ist das sicher?"

„Was?"

„Daß sie tot ist."

„Ja." Er trat wieder ins Licht. „Du erinnerst mich an sie." Er streckte jetzt doch die Hand nach ihr aus und ertastete wie ein Blinder ihre Schläfen. „Besonders hier. Und die Stirn: dieselbe Schmalheit."

Magda war nicht imstande, etwas zu sagen, sie stand wie hypnotisiert, von der Berührung gelähmt.

„Ich habe dir sehr viel zu verdanken, Magdalena. Erst durch dich konnte sie mir wirklich gelingen."

Wer? – Sie klammerte sich an eine Hoffnung. Wenn sie tot war, konnte es nicht ihre Mutter sein, und er nicht ihr Vater, es sei denn, es hätte eine zweite Frau gegeben. Sie sprach es mühsam aus: „Wer?"

„Die Frau, die ich liebte."

„Die einzige?"

„Ja."

War dies das Ende? Magda fühlte sich müde. Der Alte sah es und zeigte auf den Stuhl. „Verzeih", sagte er, „gewöhnlich verwendet man lebende Modelle nicht für Totenköpfe." Er reichte ihr Saft. „Aber du bist nicht gewöhnlich. Und du bist so lebendig, daß es dir nichts schaden kann."

Magda schaute auf die Köpfe, einerseits froh, daß es sich nicht um ihre Mutter handelte, und andererseits so heillos verwirrt, daß es ihr zu eng wurde in dem Raum. Sie mußte hinaus. Sie hatte sich geirrt. Sie hatte gehofft, ein Zuhause zu finden als Ersatz für das, das sie verloren hatte, das sich aufgelöst hatte im letzten Jahr. Das bringt dich nicht weiter, hatte Martin gesagt. Er hatte recht. Es war s e i n Heim. Er konnte nicht wissen, wie es für sie war, aus Verlust und Leere heraus zu handeln, aus dem anhaltend nagenden Gefühl, nichts geben zu können und doch alles zu brauchen. Er hatte einen Vater. Auch wenn es Spannungen gab. Er stellte sich ihnen, er hielt sie aus, es war i h r e Beziehung, und sie verstand, daß er sie mit allen Mitteln festhalten wollte.

„Sie ist weggegangen", sagte Schädl leise, „es war ihr zuviel Friedhof bei mir, zuviel Tod."

Magda trank von dem Saft. Er schmeckte bitter. Es war zu spät, um zu gehen, es war überhaupt zu spät, sie konnte nicht mehr nach Hause zurück und so weiterleben, wie sie es bisher getan hatte.

„Sie hatte einen Unfall. Ihr Fleisch war so verbrannt, daß ich sie nur anhand ihres Schmuckes identifizieren konnte."

Vielleicht war es die vollkommene Leere in Magda, die es Schädl ermöglichte, darüber zu sprechen. Ein weißes Blatt. Der erste Strich war der schwerste. Nachdem er einmal gezogen war, ging es wie von selbst, und mit jedem Satz entfernte sich Magda weiter von ihm.

„Sie ist dort begraben."

„Sie meinen: an dem See?"

„Ich wollte es so."

„Und sie?"

„Ich weiß es nicht. – Ich glaube, sie war nicht wirklich gegen diesen Brauch."

„Und hat man sie auch – ist sie auch - ?"

„Exhumiert? – Ja. Aber ich war nicht dabei."

Er sagte das ohne Bedauern, eher so, als handele es sich um einen klaren Entschluß. „Ich war noch nicht soweit."

„Das verstehe ich ..."

„Nein. – Nein, es ist anders, Magdalena."

Er trat an den Tisch, betrachtete die Köpfe, und ein Lächeln zog sich über sein Gesicht. „Ich war nicht gut genug. Ich konnte sie nicht bemalen. - Erst jetzt ... erst jetzt ..."

Magda riß sich los. Sie hatte hier nichts mehr zu tun. Alles war erledigt, sie brauchte Schädl nicht zu fragen, ob eine andere Frau schwanger gewesen war von ihm. Für ihn hatte es nur die eine gegeben, die er formte und bemalte und damit wieder und wieder zurückgeholt hatte in sein Leben. Sie war hier, sie war bei ihm, sie konnte ihn nicht verlassen, und obwohl Magda Schädls Gefühle verstand, schien es ihr doch auch als ein Akt der Gewalt, wie er sie festhielt, sie hatte bisher gedacht, daß die Macht allein von den Toten ausging, daß sie zogen und zerrten und auf den

Lebenden lasteten, und jetzt sah sie, daß es auch umgekehrt stattfand, daß Schädl diese Frau nicht gehenlassen konnte, das war nicht der Brauch, der war friedlich und still, im Beinhaus waren die Köpfe umgeben von allen bisher Gestorbenen, eng ruhten sie für immer beieinander, den Lebenden noch sichtbar, geschmückt und geehrt. Er aber wollte sie für sich allein behalten. Wollte sie besitzen. Über den Tod hinaus.

Magda stand auf. Alles war ganz klar. Sie wußte jetzt, warum diese Frau gegangen war, und sie sagte: "Warum haben Sie nicht den echten Kopf?"

Schädl zuckte zusammen. Dann hob er die Hand, und Magda erkannte, daß sie diesen Schlag würde aushalten müssen, doch die Hand sank herab, der Mann fiel in den Lehnstuhl, der im Dunkeln stand, und auch ohne ihn zu sehen, spürte Magda, wie sehr sie ihn getroffen hatte. „Es tut mir leid", sagte sie.

„Nein, du hast recht. Es ist der einzige Grund, warum ich damals nicht dortgewesen bin."

Sie trat zu dem Stuhl, beugte sich nahe zu dem Alten und sah ihm in die Augen. „Sie hätten es nicht getan."

„Oh doch!"

„Nein. - Sie hätten sie bemalt, lichtblau und violett, ein einzigartiger Schmuck, so wie dieser hier. Aber Sie hätten sie nicht mitgenommen."

Schädl senkte die Schultern. Sein Rücken zog sich krumm. Er wurde sehr klein, sein Atem ging in Stößen, er legte die Hand über die Augen, und Magda, die plötzlich das ganze verzweifelte Ausmaß dieser Liebe begriff, berührte seine Finger.

„Ich kann niemals hin."

„Sie müssen es sogar."

„Nein -"

„Wenn Sie wollen, fahre ich Sie."

Er nahm die Hand von den Augen, er schien um Jahre gealtert, gleichzeitig aber auch lebendiger. Die Versteinerung fehlte, jene verhärtete Kraft, die alte Menschen würdevoll und einsam werden läßt.

„Wer bist du?" fragte er. „Du kommst hierher und läßt mich Dinge sagen, die ich nicht einmal dachte. Du treibst mich mitten hindurch."

„Es ist der einzige Weg."

„Woher weißt du das?

„Ich weiß es ja nicht."

Schädl stand auf und betrachtete die Köpfe, nahm einen von ihnen und hielt ihn ins Licht.

„Meinst du, daß es mir bei ihr auch gelingt?"

„Ja."

„Genau so?"

„Genau so. Oder besser."

Seine Hände begannen ein wenig zu zittern, Magda sah es und stellte den Kopf zurück. Sie dachte an die Mutter, die beschrieben hatte, wie sie ein solches Stück zerbrochen hatte. Aber wann? Warum erinnerte er sich nicht?

„Ich möchte dir etwas schenken." Seine Stimme war belegt. „Als Dank." Er zog eine Schublade auf, nahm ein Kästchen heraus und hielt es sich vor die Brust. „Schließ die Augen."

Kalte Dinge legten sich in Magdas Hand, klein und glatt. „Gold stand ihr nicht gut. Sie wußte das. Sie hatte den gleichen Teint wie du. Mit Gold sah sie beinahe billig aus."

Es war Silberschmuck, Ohrringe, Ketten, die Armbänder bestanden aus einzelnen Gliedern. Im Ring war ein kleiner, schwarzer Stein, alles wirkte geschmackvoll und filigran.

„Das kann ich nicht annehmen."

„Warum nicht?" fragte er.

„Das ist – zu kostbar."

„Geh jetzt, Magdalena."

Er hatte nun wieder jene Festigkeit, die keinen Widerspruch zuließ. Magda schlich zur Tür. Sie öffnete sie, kam noch einmal zurück und küßte Schädl, er wehrte sich nicht. Es schien, als hätte er darauf gewartet, mit der Unruhe des Alters, die fortwährend mahnt, daß es das letzte Mal sein könnte. Für einen Moment durchzuckte Magda der Gedanke, wie schön es gewesen wäre, in Martins u n d der Nähe dieses Mannes zu sein. Aber Martin war vor ihrer Liebe geflohen, und wenn Magda etwas erkannte, dann das, nie wieder würde sie sich einlassen können auf einen Menschen, der sie nicht wirklich wollte, und so schloß sie nicht nur die Tür zu Schädls Kammer, sondern auch die zu einer Möglichkeit von Leben.

„**D**as ist d i e Story."

„Du läßt Schädl in Ruhe."

„Magda, wovon soll ich die Miete bezahlen?"

„Glaubst du wirklich" – Magda sah die Freundin an, als hätte sie ihr das Konto leergeräumt – „glaubst du wirklich, du kannst zu ihm hineinspazieren, ihm das Mikrofon unter die Nase halten und sagen: nun erzählen Sie mal?"

Sie befanden sich auf dem Wanderweg ins Tal, hoher

Wald umschloß sie, doch der Schnee war getaut, überall rann Wasser die Böschungen herab.

„Er ist nicht dein Vater. Das tut mir leid. Wirklich, Magda, ich hätte es dir gewünscht. Aber so – was geht es dich jetzt noch an?"

„Ich mag ihn."

„Dann hilf mir."

„Ich will es nicht."

„Du brauchst doch nur ein bißchen mit ihm zu plaudern, und in der Tasche läuft der Recorder mit."

„Damit Martin recht hätte -"

„Recht, womit?"

„Er sagte, ich hätte dich bewußt mitgebracht."

„Also wenn ich jetzt auch noch darauf Rücksicht nehmen soll – ... Ich denke, es läuft nichts mehr zwischen euch?"

„So kann man das nicht sagen."

„Und wie dann?"

Etwas in Lynns Stimme ließ Magda aufmerksam werden, ein kleiner heller Ton, den sie aus der Kindheit kannte, er hatte sich immer dann eingeschlichen, wenn Lynn beim Spiel nahe am Gewinnen war. Vielleicht ahnte sie es. Vielleicht hatte sie deshalb den oberflächlichen Jargon gewählt.

„Gelaufen", sagte Magda sehr spitz, „gelaufen, wie du es nennst, ist nichts zwischen uns. Aber auch, wenn Schädl nicht mein Vater ist – ich habe kein Recht, die intimen Dinge, die er mir im Vertrauen mitgeteilt hat, öffentlich zu machen. Das müßtest du doch wissen."

Sie standen vor einer Weggabelung, links führte ein steiler, ausgesetzter Steig zurück zum Hotel, rechts kämen sie ins Tal.

„Nur für Geübte ... ich bin nicht geübt. Außerdem hab ich Hunger. Du hast gesagt, im Ort gibt es einen guten Italiener?"

„Warum willst du in Österreich italienisch essen?"

„Weil's mir danach ist. Nicht nach Steirerkas."

Ohne auf Magda zu warten, stapfte Lynn in der breiten Fahrspur abwärts, ihrerseits verletzt, sie fühlte sich schulmeisterlich zurechtgewiesen. „Deine Berge haben mehr Fragen aufgeworfen, als sie Antworten geben. Hast du tatsächlich geglaubt, so ein Einsiedler käme als Partner in Frage?"

Schweigen war plötzlich um sie, sie drehte sich um und sah Magda in die andere Richtung gehen.

„Es wird bald dunkel!"

Magda reagierte nicht.

„Komm zurück, ich hab es doch nicht so gemeint!"

Eine Fichtenschonung schloß sich um die Freundin, für Momente schimmerte noch ihr weißes Stirnband, dann verschwand auch das. „Also doch zum Italiener." Trotzig setzte Lynn ihren Abstieg fort, der Wald wurde lichter, schon sah sie den Ort. Sie würde sich alle Läden betrachten, schließlich war sie das erste Mal in Österreich. Sie gelangte ins Freie. Ein Wildgehege erstreckte sich über einen langen Hang. Sie hatte jetzt freie Sicht auf die Häuser, aber auch auf die Bergrücken hinter sich. Die reckten sich drohend. Standen schwarz vorm Licht. Plötzlich wurde ihr bewußt, daß Magda allein einen unbekannten Weg ging, und sie erschrak. Instinktiv war ihr klar, daß es in dieser Gegend auf jeden Fall besser war, zu zweit zu sein, es konnte soviel passieren, die Hänge glichen sich, und die Geröllhalden senkten sich steil in Täler,

deren dichter Bewuchs die Orientierung erschwerte.
Ein paar Augenblicke zögerte sie noch. Warum sie? Warum war immer sie es, die folgte? Erst hierher ins Gebirge, dann in Magdas Geschichten, die anders waren als jene der Mutter, unruhig, verstörend, die Dinge hatten sich verkehrt, es gab keine Magda mehr, die die Geige suchte, es gab nur noch eine aufgekratzte Frau, die sich blind vor Enttäuschung der Gefahr aussetzte.

Er hat nicht an seinen Hund gedacht.
Jedesmal, wenn er durch die Südwand steigt, nimmt der Verwalter das Tier mit in die Gondel, geht mit ihm zur Gipfelwarte, daß es Auslauf hat, und läßt es dann meistens beim Wirt zurück.
Aber diesmal erreicht der Mann die Warte nicht. Als er die beiden den leichten Abstieg auf der Nordseite des Gipfels herabgesichert hat, besteht der Jäger darauf, daß er sie alleinläßt, um die Frau zu holen, sie schafften es schon. Der Mann will das nicht. Sie sind so erschöpft, daß sie den sicheren Weg verfehlen könnten, und nur er kennt die Spalten am Gletscherrand. Doch der Jäger weigert sich, weiterzugehen. Erst, wenn der Mann umkehre. So gibt er nach.
Der Firn beginnt bereits wieder zu vereisen, blaugrau hebt das Schneefeld sich zum Wandfuß hinauf. Mit gleißendem Grat ruht der zweihundert Meter hohe Gipfelblock schwarz im ewigen Schatten, den Fels in gewaltigen Stufen aufgetürmt.
Der Mann geht jetzt schnell. Er kennt keine Ermüdung. Sein Körper arbeitet wie eine Maschine, die er nicht mehr selbständig abstellen kann. Er hat keine Gedanken. Er hat nur ein Ziel. Er muß zurück zu der Frau, denn sie allein zu lassen, war eine Entscheidung, die nur im äußersten Notfall gerechtfertigt ist

und die er sicher ohne das Vertrauen in die eigene Kraft nicht getroffen hätte. Wie viele Stunden ist das her? Noch nie ist ihm der Aufstieg über das steile Schneefeld so lang vorgekommen, je schneller er geht, um so weiter scheint sich das Gestein zu entfernen.
Plötzlich hört er den Hund.
Einen Augenblick bleibt er noch zweifelnd stehen, doch er irrt sich nicht, ein helles Pfiepen und Heulen, das Tier ist in Gefahr, und der Mann kehrt sofort um, die Laute kommen rechts aus dem Gletscherbruch.
Er kennt die Spalte. Sie wird unten immer breiter. Sie ist zwanzig bis fünfundzwanzig Meter tief und am Grund voller Wasser, eine junge Frau ist vor vielen Jahren darin ertrunken und liegt noch immer da – in dieser Spalte heult der Hund.
Der Mann gerät in Panik. Er wirft das Seil ab. Er hat weder Pickel noch Eisschrauben bei sich, an dem er das Seil fixieren könnte. Er schaut zu dem Tier. Es winselt wie ein Kind. Es steht etwa fünf Meter tiefer auf einer schräg geneigten Schneezunge, die beständiger Wind in die Öffnung geweht hat und die abzubrechen droht.
Er denkt nicht nach. Er verliert die Kontrolle. Ungesichert springt er in die Spalte hinunter, obwohl das für beide schon das Ende sein kann. Die Schneezunge hält. Der Mann packt den Hund. Der wiegt vierzig Kilo, und es scheint unmöglich, ihn nur mit Muskelkraft nach oben zu bringen. Die Wände Blankeis. Da kann niemand hoch. Er hört, wie sich Schneebrocken unter ihm lösen und ins Wasser klatschen, er muß handeln, sofort. Er versucht, ihn zu werfen. Die Höhe reicht nicht. Er fängt ihn wieder auf und wirft ihn erneut, besinnungslos fast und rasend vor Not.
Erst beim dritten Wurf erreicht der Hund die Kante, er gräbt wild mit den Pfoten, der Mann schreit: "Los, raus!!" Er kann

nichts mehr sehen, der Schnee stiebt herab, dann endlich ein Bellen, das Tier hat es geschafft.

Das war alles, was er wollte. Er hockt sich hin. Er verharrt sekundenlang in völliger Starre, dann schlägt wieder Schnee unter ihm im Wasser auf.

Das Geräusch belebt ihn. Er richtet sich auf. Er untersucht die Eiswand nach Griffen und Kanten, es ist kaum etwas da, hier führt kein Weg hoch. Behutsam tastet er sich auf der Zunge aufwärts, sie wird immer schmaler und auch sehr dünn. Der Wind greift von oben zu heftig herein und weht allen Schnee tiefer, doch das Eis weist hier eher kleine Unebenheiten auf, winzige Löcher und Leisten, die der Mann als Griffe nutzt.

Oben der Hund. Vor Verzweiflung ganz still. Schon ist der Mann zwei Meter unter der Kante, da bricht ihm der Griff aus, er stürzt herab, die Schneezunge hält dem Aufprall nicht stand, mit einem Schrei saust der Mann bis zur Hüfte hindurch, und die Beine frei über dem drohenden Abgrund, gräbt er um sein Leben, die Hände wie Schaufeln, die Schultern zu riesigen Schwingen dehnend. Er nähert sich der Kante. Nur noch anderthalb Meter. Die Leine des Hundes hängt herab, und der Mann, halb wahnsinnig durch das Geräusch des Schnees, der unaufhörlich in das Wasser klatscht, greift danach. Nur Halt! Nur Halt! Der gemeinsame Absturz in der nächsten Sekunde ist Lichtjahre entfernt, das betrifft nicht mehr ihn, das ist zu weit entfernt, im Augenblick ist er sicher, und nur dieser eine Augenblick zählt.

Da sieht er, wie die Vorderpfoten des Tieres langsam einsinken und sich auf ihn zu bewegen. Er läßt sofort los. Er klebt sich ganz flach an die eisige Wand, die Fußspitzen nur auf winzigen Zacken. Er streckt sich. Er findet über sich ein Loch. Der Zeigefinger paßt zur Hälfte hinein, er hängt sich daran und zieht sich hoch, tastet oben harten Firn, spreizt die Beine weit aus, um sie zu entlasten und kann sich so endlich, zentimeterweise, aus der Spalte schieben.

Anfangs beachtete Magda die Rufe nicht. Sie war zu sehr in Gedanken vertieft, selbst die Schönheit des Weges nahm sie nicht wahr. Während sie höher stieg, senkte sich rings der Wald, irgendwann reichten ihr die Latschenkiefern nur noch bis zum Bauch. Bizarre Felsnadeln stachen in die Luft, vom Wetter zerfressen, vom Wind abgeschürft, ihre schmalen Sockel ließen sie wie gigantische Pilze erscheinen, die schon beim nächsten Sturm umstürzen und ins Tal krachen konnten.
Unter einem solchen Felsdach rastete sie. Das also war es. Davon hatte sie geträumt. Diese Hochebene dort, die ihr zu Füßen lag, farbenfroh und still, mit ihren alten Gehöften, der gelben Kirche und einem Menschenschlag, der schon von alters her aufs Verteidigen ausgerichtet war. Eine protestantische Enklave, ein Völkchen, das früh gelernt hatte, seine Reichtümer zu schützen. Abwehr lag hier im Blut. Martin trug es in sich. Wenn sie seine Furcht, sie könnte ihm etwas rauben, persönlich nahm, fühlte sie sich verletzt, nüchtern betrachtet aber war es nur ein tief verwurzelter Schutzmechanismus, der auch Schädl innewohnte, wie vielleicht jedem hier.
Magda trank etwas Wasser. Ihre Trauer wuchs. Sie hatte in das gelobte Land gespäht, die Geschichten der Mutter waren hier erwacht, hatten sich von stummen Bildern entfacht zu einem Film voller Stimmen und Farben und Leben.
Doppelt mühsam erschien ihr jetzt der Weg, er führte

fast bis zum Fuß der Wand und erst dort in kleinen, spitzen Serpentinen abwärts. Das Hotel lag tiefer. Auch die Seilbahnstation. Ein ruppiger Wind fauchte über eine Kante, Magda zog den Reißverschluß der Jacke zu.

Da hörte sie die Rufe. Erstaunt blieb sie stehen. Es gab keinen Zweifel, es war Lynn, die da rief, und tatsächlich tauchte die Freundin jetzt auf.

Ein Schotterfeld lag zwischen ihr und Magda, eine steile Rinne, Lynn hielt darauf zu.

Magda erschrak. „Du mußt oben entlang!"

„Hier ist es viel kürzer!"

„Es bricht aber ab! Lynn, bleib auf dem Weg!"

Da war es schon zu spät, aus ihrer Perspektive konnte Lynn auch den Felsabbruch nicht sehen. Die losen Steine kamen sofort ins Rutschen, mit jedem Schritt mehr, und statt schneller zu gehen, hielt Lynn erschrocken an, was aber nicht half, sie rutschte nur tiefer, geriet in Panik, und jetzt wurde es wirklich ernst. Da ragte vor ihr ein Stück Fels heraus, ein halber Meter, eine Insel im Schutt. Lynn hockte sich darauf, atmete kräftig durch und hob die Arme, was einerseits hieß, daß ihr nichts Ernstes geschehen war, andererseits aber deutlich machte, daß sie in dem losen Geröll gefangen saß.

„Ich hole Hilfe!" rief Magda. Es wurde schon dämmrig.

„Laß dir Zeit!"

„Wieso?"

„Es ist sehr gemütlich!"

Magda kannte die Freundin, es war eine Art Wut, die in Galgenhumor umschlug und ihre Angst verriet. Es war immer so gewesen, selbst im Krankenhaus, als Lynn mit einer Vergiftung in Lebensgefahr geriet und der Sauerstoff versagte, hatte sie laut gelacht.

Sie hetzte zum Hotel. Achtete kaum auf den Weg. Ihre Füße wurden immer sicherer, als wäre ihr das Gelände von Kindheit an vertraut. Sie mußte Martin finden. Nur Lynn zählte jetzt. Ihre Probleme mit dem Mann waren nicht mehr wichtig, vielleicht könnten sie sie sogar vergessen. Es war eine Hoffnung. Gemeinsam etwas tun. Das beflügelte sie, das war wirklich eine Chance, vielleicht hatte dieses ganze Chaos nur den Sinn, ihre Trennung zu verhindern, was wollte sie denn, hatte sie nicht wieder viel zu schnell aufgegeben?

Die Worte! Es käme auf die Worte an. Keine halben Sätze. Keine Zweideutigkeiten. Sie würde ihm sagen, daß sie Schädl kurze Zeit für ihren Vater gehalten hatte und verstehen könnte, daß das schwer für ihn gewesen war. Plötzlich schienen die Dinge wunderbar leicht, die dramatische Situation ließ alle Schnörkel verblassen und hob das Wesentliche hervor. Schon war sie am Hotel. Sie bat Lynn um Verzeihung, daß sie sich freute, einen Grund zu haben, um Martin gegenüberzutreten. Er war nicht im Restaurant. Sie lief hinüber zum Wohnhaus. Der Vorraum stand offen, aber die anderen Türen waren verschlossen, auch vermißte sie den Hund. Ratlos sah sie sich auf dem Parkplatz um, innerhalb von Sekunden von Unruhe umstellt.

„Suchst du wen?" Es war der Jäger.

„Herbert! Gott sei Dank! ... Es geht um Lynn! ... Sie braucht Hilfe - wo ist Martin?"

„Was ist passiert?"
„Sie sitzt im Schotterfeld fest!"
Herbert stürzte in den Vorraum, griff sich ein Seil, das dort eher zu Dekorationszwecken hing und war so schnell in Richtung Hang unterwegs, daß Magda Mühe hatte, ihm zu folgen. Es wurde schnell dunkel. Der Weg war steil. Die Geröllrinne war jedoch nicht zu verfehlen, sie trennte die Anhöhe, auf der sich das Hotel und die Straße befanden, vom Vorbau des Berges.
„Lynn! – Wir kommen!"
Herbert eilte voraus.
„Warte nicht auf mich!" rief Magda ihm nach.
Sie blieb stehen und ruhte sich ein paar Momente aus, froh, die Freundin endlich antworten zu hören. Die winkte. Ein kleiner roter Punkt im Geröll. Ihr Standort war ein Mißklang zwischen Mensch und Natur, ihre Bewegungen verloren sich im Nahen der Nacht,
Herbert näherte sich ihr langsam schräg von oben. Er bewegte sich sicher. Auch er fand ein Stück Fels. Er warf Lynn das Seil zu, sie schlang es sich um den Bauch und auf seine Anweisung hin ein paarmal um die Hand.
„Du mußt einfach nur gehen!"
„Gut. –Also gut."
„Ich hab dich!"
„Ich versuch es -"
„Bleib ganz locker."
„Okay."
Unsicher stocherte Lynn durch das Geröll, bei jedem Rutschen griff die freie Hand ins Gestein.
„Richte dich auf!"

„Ich hab Angst -!"
„Ganz ruhig. Ich halte dich."
Magda erkannte Herbert nicht wieder. Eine innere Leidenschaft trieb ihn an, von der er zwar mehrfach gesprochen hatte, die ihm aber niemand wirklich zutrauen wollte. Das war nicht mehr der Mann, der im Nebel eine Kuh für einen Bären ausgegeben hatte, in der Hoffnung, einer Frau damit zu imponieren.
Lynn umarmte ihn. Dann wetterte sie los. „Wir haben hier nichts zu suchen, Magda, Leute wie wir gehören nicht hierher!"
„Ja ..."
„Es ist respektlos!"
„Beruhige dich."
„Nicht für mangelnde Erfahrung werden wir bestraft, sondern für den Hochmut, die Anmaßung."
„Vielleicht solltest du d a r ü b e r schreiben, Lynn."
„Warum?"
„Du bist gut, wenn du wütend bist."
„Mit Wut allein ist das nicht zu begreifen."
„Wir sollten gehen", warf Herbert ein.
„Und wie dann?" fragte Magda.
„Ich weiß es nicht."
„Sag jetzt ja nicht: mit Liebe." Vorsichtig begann Magda, sich bergab zu tasten.
„Warum nicht?" fragte Lynn. Magda antwortete nicht. Den ganzen Weg blieb sie so weit voraus , daß kein Gespräch möglich war, selbst dann nicht, als das Gelände flacher wurde und in Wiese überging. Erst als sie durchgeschwitzt und ziemlich erschöpft im Hotelzimmer standen, wiederholte Lynn die Frage. Magda sah sie an, und sie wußte genau, daß Lynn

keine Resignation ertrug. An ihr, Magda, hing die Hoffnung auf Leben, in all den Jahren hatte nur sie allein den Mut gehabt, Gefühle zuzulassen, Kinder zu bekommen, zu kämpfen um einen Mann. Sie sah in die Augen der Freundin, aus denen das ganze Ausmaß der Erwartung sprach, unverstellt jetzt durch die überstandene Gefahr, und sie begriff, daß die geistige Wendigkeit Lynns, für die sie sie immer bewundert hatte, nur ein dünner Schutzmantel gewesen war. Er hatte sie nicht gewärmt. Er war durchlässig. In diesem Moment, weitab von zuhause, wurden die Rollen neu verteilt, und Magda, die ihr hatte sagen wollen, daß sie müde war, weil Liebe immer nur wehtat, brachte die Worte plötzlich nicht heraus. S i e war das letzte Einhorn. Sie durfte nicht sterben. Und es ging dabei nicht nur um ihre Freundin, es ging vor allem um sie selbst.

Sie nahm Lynn in die Arme. „Nicht mit Wut, nicht mit Liebe. Aber vielleicht mit Geduld. Und Mitgefühl."

„Ist das denn keine Liebe?"

Magda machte sich los und sah hinaus ins Dunkel. „Ich war wütend auf Schädl, weil er diese Frau nicht gehenlassen kann, weil er sich an sie klammert mit einer Verzweiflung, die nicht Kummer ist, sondern Härte und Vorwurf."

„Und jetzt?" fragte Lynn.

„Zieh die nassen Sachen aus. Ich laß dir Badewasser ein."

„Du denkst an deine Mutter?"

„Ich bin genau wie er. Ich habe es ganz genauso gemacht."

Sie ging ins Bad, drehte Wasser auf und hielt die Hand darunter, bis es heiß geworden war. Sie weinte plötzlich. Der Wasserstrahl verschwamm vor ihren Augen, auch die gefließte Wand. „Das schlimmste ist", stieß sie schließlich hervor, „daß es dich überhaupt nicht weiterbringt. Dieser Groll bindet all deine Energien, glaub mir, ich könnte viel weiter sein."

„Du bist, was du bist", versuchte Lynn zu trösten.

„Warum habe ich nie darüber nachgedacht, was sie gefühlt hat. Warum sie unglücklich war. Wie verzweifelt muß ein Mensch sein, um sich umzubringen? Das ist doch kein Entschluß, den man beiläufig fällt."

Sie sah zu, wie Lynn in das Badewasser stieg, sich langsam setzte und mit gespreizten Fingern durch die steifen Schaumberge kämmte.

„Bin ich schuld?"

„Nein."

„Sag's mir ehrlich, Lynn."

„Du weißt, daß du's nicht bist. Und ich denke, du weißt auch, daß diesen Gedanken jeder hat, der davon betroffen ist."

Lynn tauchte unter, die Schaumberge schwankten und schlossen sich augenblicklich über ihr. In das unberührt scheinende Wasser hinein sagte Magda leise: „Vielleicht hast du Recht." Sie wartete, bis Lynn wieder aufgetaucht war und mit einer langen Bewegung das Haar aus dem Gesicht gestrichen hatte, dann setzte sie hinzu: „Statt immer nur zu grübeln, warum einer dies oder jenes getan hat, wäre es doch viel sinnvoller, sich zu fragen: was mache i c h aus der Situation."

„Also gut: frag es dich."

Sie zögerte. „Martin - ..."
„Zum Beispiel -"
„Ich glaube, dazu brauche ich viel Zeit."

Sie schnellt in die Höhe. Sie stößt sich am Kopf. Es ist wie bei einer schweren Krankheit: auf den Schock folgt eine tiefe Resignation, bevor der Organismus in den Widerstand geht und alle Reserven mobilisiert. Sie wühlt im Rucksack. Hat sie das Handy überhört? Erleichtert hält sie das Ding in der Hand, dann läuft es ihr kalt den Rücken hinunter. Der Akku ist leer! Sie steht wie versteinert. Niemand kann sie erreichen, und sie selbst nicht die Rettung, jegliche Verbindung ist unterbrochen.
Ein Rabe gleitet in leichtem Flug vorüber, die Zehen gekrümmt an den Körper gepreßt. Der unstete Aufwind läßt ihn mehrmals kippen, doch die großen Flügel gleichen das sofort aus.
Sie schreit jetzt. Sie schaut auf die Uhr dabei. Sechsmal in der Minute, im gleichen Abstand, das vorgeschriebene Notsignal.
Die Stille zwischen den Schreien ist betäubend, in dieser Höhe verweht jedes Geräusch. Keine Antwort. Sie wartet. Dann ruft sie erneut. Die Blicke ins Tal sind von grausamer Klarheit, die lieblichen Linien der Almen wie Hohn. Bis nah an die Geröllfelder erstrecken sich die hellroten Teppiche der Alpenrosen, umkauert und umkniet von Wacholder und Latschen.
Sie ermahnt sich zur Ruhe. Sie ist nicht in Gefahr. Selbst wenn ihre Abwesenheit niemand bemerkt, i h n wird man vermissen, und vielleicht hat auch der Jäger jemanden von seiner Absicht informiert.
Warum kommt der Mann nicht? Was ist oben passiert? Sie hat keinerlei Geräusch vernommen, das auf Steinschlag oder irgendeine andere Katastrophe schließen ließe, alles war so ruhig, daß sie den Gipfel erreicht haben müssen.
Wieder schreit sie. Sie hat nicht einmal ein Seil. Sie weiß, daß

Abseilen hier nicht möglich ist, und dennoch klammert sie sich an den Gedanken, daß sie sich mit einem Seil, und wäre es nur ein Stück, weniger ausgeliefert fühlen würde. Sie lacht. Es klingt abgehackt und irr. In ihrer Vorstellung schlägt das Wetter um, und sie weiß nicht, was daran lustig ist. Käme wenigstens ein Echo zu ihr zurück, es würde vielleicht die Verrücktheit bremsen. Sie könnte lauschen. Sie hätte etwas zu tun. Aber etwas in ihr entwirrt sich durch das Lachen, sortiert sich, legt sich wieder ordentlich zurecht in nachvollziehbare Gedankenströme.
Nur Ruhe jetzt. Die Phantasie ist hier kein Freund. Sie muß planen, was sie tun kann, nüchtern, präzise, es gibt immer eine Lösung, noch ist nichts wirklich schlimm. Doch jeder Blick auf ihren Standort verhöhnt diesen Ansatz - ein winziges Lager, zum Sterben zu sicher, weitab von wirklicher Sicherheit.
Ihr Hals beginnt zu schmerzen. Die Schleimhäute sind trocken, zur Hälfte vom Schreien, zur Hälfte vor Angst. Sie greift zur Wasserflasche, öffnet sie, nimmt einen kleinen Schluck und läßt ihn lange im Mund, es ist eher ein Spülen als ein Trinken. Es scheint ihr unerträglich, auf ihrem ausgesetzten Platz untätig zu warten, daß die Zeit vergeht und die Dinge einer rettenden Lösung zuschiebt. Doch sie setzt sich und versucht, den Körper zu entspannen, um so wenig wie möglich Energie zu verbrauchen.

Im Frühjahr ging sie wieder mit den Jungen. Sie brauchte deren Mut. Sie brauchte auch die Lebenslust und den Humor, und sie wählte bewußt diese Möglichkeit, um dem Alltag zu entfliehen und eine Pause einzulegen, einen Abschnitt, in dem die Konzentration auf etwas unbegreiflich Neues ihre wirklichen Probleme in die Ferne rückte, ihnen Raum gab, sich zu

lösen, vielleicht würde sie eines Morgens erwachen und sich fragen, warum sie so bedrückt gewesen war.
Eine Mühle im Elbtal. Minimaler Komfort unter schrägem Dach, und nicht das Alter zählte, sondern die Fertigkeit am Fels.
Nur nachts war es anders. In den Schlafsack gehüllt, zwischen Paaren, deren Hüllen verräterisch raschelten, glaubte sie an einen Irrtum, was wollte sie hier, lag die Lust an der physischen Herausforderung nicht dicht neben Panik, war es nicht ein Trick, die alternde Seele mit einem trainierten, sportlichen Körper zu überlisten?
Der Gedanke an Martin. Manchmal tat er ihr gut. Wenn sie das Gefühl hatte, etwas zu tun, das sie ihm näherbrachte, manchmal war sie dann stolz. Nicht länger wäre sie eine Fremde aus dem Flachland, sie würde mithalten im Fels, könnte die Wege verlassen, auf denen die Touristen im Gänsemarsch gingen. Nur sie und Martin. Gemeinsam am Seil. Das rechtfertigte den Schmerz in den Unterarmen, das Überwinden der Angst auf ausgesetzten Graten, das Krafttraining, die aufgewendete Zeit. Sie war mit den jungen Menschen hier, weil sie so die Abwesenheit ihrer Kinder weniger bemerkte, sie sogar vergaß. Sie wollte lachen, und vor allem wollte sie in kürzester Zeit so viel wie möglich lernen. Es war die härteste Schule. Sie wählte sie. Jedes winzige Versagen, jede Schwierigkeit, die sie nicht bewältigte, jedes Nachlassen der Kraft warf die Altersfrage für sie wieder auf. S i e sah es so. S i e glaubte von sich, daß sie nur ein Recht hätte, dabeizusein, wenn sie ähnliche Leistungen vollbringen konnte. Es war eine unbequeme Situation. Es war wie

ein Tunnel, eine enge Schlucht, und sie konnte auf jener Seite bleiben, auf der die meisten ihrer Freunde weilten, in einem Leben ohne Ziele, zwischen Gähnen und Trott, heimlich überfallen von einer bösen Lähmung, die sie grimmig ertrugen, bis selbst die Wahrnehmung dessen trüb geworden und abgestumpft war. Auf der anderen Seite aber mußte das sein, was Schädl als Lichtblau bezeichnet hatte. Von Anfang an hatte dieses Wort einen besonderen Klang für sie gehabt. Alles, was ins Reich der Träume gehörte, trug diesen Schimmer, war leicht und zart und schien gleichzeitig so durchlässig, daß es niemals wirklich zerstört werden könnte.

Lynn war verzweifelt. Die Freundin trieb weg. Sie hatte einen Weg eingeschlagen, auf dem sie ihr nicht folgen konnte, das Thema Mann, das sie über Jahrzehnte zusammengehalten hatte, war verdeckt von Felsen, von Knotenschlingen, von Kaminen, Verschneidungen, Überhängen, Rissen. Wenn sie Magda besuchte, mußte sie im Flur über Karabiner, Rucksack und Seil, verschiedene Schuhe und Hosen steigen, über Regensachen und Trinkflaschen, Kekspackungen und Bücher, Bücher.

Ob sie es für Martin täte?

Warum?

Das wäre falsch.

Sie täte es nicht für Martin, sondern für sich selbst.

„Also gut, okay", sagte Lynn und wollte eine Kulturreportage im Fernsehen sehen. Aber Magda hatte bereits entschieden: eine Erstbesteigung im Himalaja, von einer sächsischen Gruppe, also Berge und Schnee.

„Du bist krank", sagte Lynn.

„Wieso?"
„Du kämpfst, als hinge dein Hintern schon werweißwieweit herunter, und die Hitzewellen treiben dich auf den Balkon, selbst mitten in der Nacht."
„Was täte ich ohne deine Bosheit", sagte Magda. „Ich habe manchmal regelrecht das Gefühl: je knurriger du wirst, um so besser ist mein Weg."
„Nein, Magdalena, er führt nur zu einem Mann. Du tust dies, du tust jenes, es führt stets zu einem Mann. Nur daß du das diesmal nicht sehen willst."

Die Frühsommerabende waren schon lang. Magda hielt es auf ihrem Balkon nicht mehr aus. Kein Anruf von Martin, und obwohl sie mitunter viele Stunden am Tag nicht mehr an ihn dachte, abends stellte er sich ein, der Balkon, das war das Warten, das Grübeln, das Betäuben, eine begrenzter Blick auf ein Stück Wirklichkeit, das sich seit der Kindheit kaum verändert hatte.
War das noch ihr Leben? Die Wiese, die flach auf den Bach zukroch, der graue Uferweg und die kupierten Weiden, aus deren Stümpfen dünne Zweige ragten wie aufgestellte Haare?
Vielleicht hatte die Mutter genauso hier gesessen. Heruntergezwungen von den großen Höhen, festgenagelt in eine müde Existenz, die sie nach den wietenden Erlebnissen der Jugend als eng und künstlich empfunden haben mußte?
Magda fühlte, wie ihr Leben aus der Ordnung geriet, wie sich alles verlor, was vertraut gewesen war. Die Dinge begannen, sich zu bewegen, auf geheimnisvolle Weise änderten sie ihren Platz. Der Schrank, der seit

Jahren in der Zimmerecke stand, schien vor's Fenster gerückt und nahm alles Licht, die weiße Decke senkte sich und drückte auf die Bettstatt, und die Palme trug schwer an ihren grätigen Wedeln. Magda trat auf den Teppich, mit spitzen Zehen, das eingewebte Muster war ihr plötzlich zu bunt. Und die Bilder im Flur! Sie schwiegen leer. Sie hatten keinen Inhalt, sie waren nur Form, hilflos mit Farbe ausgefüllt.

War sie hier noch zuhause? Was war das: Heim? Hatte ihr veränderter Blick es u n heimlich gemacht?

Sie zog Schrankkästen auf. Fand alte Fotografien. Sie breitete sie auf dem Boden aus und sortierte sie, sie suchte einen Plan, ein Muster für ihr Leben, das mit der Mutter begann und durch die eigenen Kinder fortgesetzt würde. Es gab keine Plan. Es schien alles offen. Das einzige Verläßliche waren Jahreszahlen, manchmal auch Ortsangaben oder ein Vermerk, aus welchem Anlaß das Bild entstanden war.

Magda schob kleine Häufchen, fing mit dem ältesten an, die Mutter auf dem Dachstein, am Gipfelkreuz. Es war eine vergrößerte Fotografie von ganz beachtlicher Qualität, jeder Jackenknopf war sichtbar, sogar ihr Schmuck.

Magda nahm eine Lupe. Sah auf Armband und Ringe. Aufgeregt fingerte sie dann die Teile hervor, die ihr Schädl geschenkt hatte, sie fand das Kästchen nicht gleich. Als sie es schließlich doch in den Händen hielt, war sie nicht imstande zu glauben, was sie sah: Der Schmuck war jener, den die Mutter trug, an den Ohren, am Hals, am Handgelenk, an den Fingern.

Sie besieht sich das Gestein. Sie beschäftigt sich, indem sie

versucht, Figuren zu erkennen: den Schwanz eines Drachens, einen Falken im Flug, den Kopf eines Häuptlings mit gebogener Nase, Höcker eines Kamels, eine Hundeschnauze. Sie schließt die Augen, tastet mit den Händen die umliegenden Felsstellen ab und stellt sich vor, blind zu klettern. Dabei hört sie ein Geräusch.
Sie ist sich nicht ganz sicher, was es ist. Der Überhang versperrt den Blick nach oben, das Geräusch tritt erneut auf, ein Scharren, ein Kratzen. Obwohl sie weiß, daß ein Seil so nicht klingt, schnellt die Hoffnung schmerzend wie ein Stromschlag in sie.
Sie ruft. - Stille. – Sie ruft lauter. – Nichts.
Sie beginnt zu zittern, sie schreit mit voller Kraft, dann rutscht sie mit hechelndem Atem in die Knie. Messerscharf die Enttäuschung. Die Phantasie, die sie eben noch als ein Spielzeug benutzte, schlägt grausam um, wie in einem Horrorfilm werden Szenen aufgeblendet, die alles enthalten, was es an Katastrophen gibt.
Plötzlich über ihr ein Rauschen. Es war ein Adler. Mit großen, brettartig gestreckten Flügeln gleitet er herab, schwarz im Gegenlicht. Ihm folgen! Hinunter zu den Rasenbändern, die sich wie grüne Risse in die Felshänge ziehen. Ohne Schuhe in die dichten Grasmatten steigen, sich langlegen dort, und schlafen, schlafen.
Es ist kalt geworden. Der Wind hat sich gedreht und weht jetzt aus östlicher Richtung in die Wand. Die Frau ruft noch mehrmals. Heiser schon und dünn. Erschöpft vom schnellen Umschlagen der Gefühle fällt sie schließlich in einen Dämmerzustand, der sie vorübergehend etwas schützt.

Das Gelb der Rapsfelder wehte vorüber, gesäumt von jungen Birken, die der Fahrtwind grob ergriff.

Später dann wieder Weiden. Ein Saum Nadelwald. Magda fuhr sehr schnell, es war kaum Verkehr, die meisten Menschen, die sich, wie Lynn, in die stadtnahen Dörfer zurückgezogen hatten, blieben am Wochenende in ihrem Grundstück, und Ausflugsziele gab es hier nicht.

Eine Bahnschranke geschlossen. Nervös stieg Magda aus. Sie zerbrach sich den Kopf, sie fand keine Erklärung, ihre Mutter schien die geheimnisvolle Frau, um die Schädl trauerte, das ergab keinen Sinn, denn der Schmuck hatte einer Toten gehört - gab es noch eine Frau, war Schädl gar verwirrt?

„Allmählich kommt in die Sache Schwung", sagte Lynn, „ich hatte es irgendwie im Bauch." Sie besah sich das Foto, dann die Freundin, die blaß auf den Küchenstuhl fiel und ihre Zigaretten suchte. „Und der Schmuck?"

„Moment – ich habe alles dabei." Sie zerrte ein zierliches Armband hervor, wühlte dann nach dem Rest und schüttete schließlich den Inhalt der Handtasche auf den Tisch. „Ich wünschte, ich hätte es dort schon gewußt."

„Tatsächlich, derselbe!"

„Was soll ich jetzt tun?"

„Hej Magda, du hast deinen Vater gefunden!"

„Der Schmuck allein beweist das noch nicht." Vor ihr stand eine Hürde, zu hoch, viel zu hoch, sie zu überspringen erforderte Übung, aber Magda hatte diese Übung nicht. Es war die letzte Gelegenheit zu zweifeln, das Erhoffte nicht zu glauben, wenn sie jetzt erkannte, daß dieser Schmuck der Schlüssel war, daß er die Mutter und Schädl verband, und wenn sie diese

Erkenntnis in ihr Inneres ließ ... –
Verachte den Zweifel ... Nimm die Irrtümer ernst ...
„Es kann nicht sein. Irgendwo ist da ein Fehler."
„Aber Schädl trauert um diese Frau. Also hat er nur sie geliebt – deine Mutter."
„Und wer ist die Tote?"
„Eine Fremde ... vielleicht."
Magda starrte in den Hof, in dem Forsythien blühten neben dem grellblauen Scheunentor. Lynn wohnte nur zur Miete, die Besitzer ließen ihr jedoch bei der Ausgestaltung freie Hand.
„Unser kleines Stück Süden", sagte Lynn traurig. „Ich habe es deinetwegen blau gemalt."
Magda dachte an das Mädchen vor der Hütte, mit dem sich Schädl unterhalten hatte. „Hast du gewußt, daß es eine Farbe gibt, die Lichtblau heißt?"
„Der Brief!" sagte Lynn.
„Was ist mit dem Brief?"
„Ein blaues Couvert."
Magda schoß von ihrem Stuhl. „Du hast ihn doch damals in den Kasten geworfen?"
„Ja natürlich -"
„Aber dann muß er angekommen sein."
„Und andere auch. - Ich bin ziemlich sicher, daß sie viele geschrieben hat."
Resigniert drückte Magda die Zigarette aus. „Ich verstehe es nicht. Das ergibt keinen Sinn."
Lynn ging zum Kühlschrank, nahm Möhren heraus, Kartoffeln, Sellerie und Tomaten. Sie setzte Wasser an. Sie putzte das Gemüse. Sie wirkte wie jemand, dem man soeben den neuesten Klatsch ins Haus gebracht hat, woraufhin man zur Tagesordnung übergehen kann. „Lynn, was soll ich tun!?"

„Die Kartoffeln schälen."
„Das meinte ich nicht."
„Schneid sie in kleine Stücke."
Zerstreut griff Magda den Schäler, zu genau kannte sie Lynn, wenn sie zu kochen begann, wollte sie über etwas nachdenken. Sie durfte sie nicht stören. Was ihr schwerfiel jetzt. Sie versuchte, sich auf die Kartoffeln zu konzentrieren, schälte sie akribisch, wusch sie sauber, schnitt Würfel. Ihre Unruhe ließ ein wenig nach, ein dankbares Lächeln streifte Lynn. - *Schau der Freundin ins Gesicht und erkenne dich darin ...* - Plötzlich fühlte sie, daß der Ort eine Zuflucht war, die ihr niemand so schnell ersetzen könnte. Sie mußte sich nicht anmelden. Sie hatte einen Schlüssel. Sie konnte zerfleddert zu jeder Tageszeit hereinprasseln, und während der Jahre mit Klaus-Peter hatte sie das auch oft getan.

Martin wäre etwas Neues. Keine Freunde rings. Wo er lebte, drehte sich alles um die Berge, wo sie herkam, hatten die Menschen sich gefragt: wo gibt es wann was zu kaufen, wo bekomme ich ein Auto, eine Wohnung her?

Heute lachten sie darüber. Dieses Lachen verband. Es aufzugeben, würde bedeuten, etwas durchzutrennen, was zwar einerseits Fessel, andererseits aber Halt gewesen war.

Könnte sie wirklich gehen? Nähme man sie denn an? Ein Mann wie Schädl wurde zwar geachtet, weil die Einstellung zum Alter anders war, doch man nahm ihn nicht mehr ernst, ein Eigenbrötler, der sich mehr und mehr in seiner Kammer selbst begrub. Und Martin? Könnte er ihr Rückhalt bieten? Ihr, einer

Fremden, die dort in den Gesichtern die Spuren vergangener Erfahrungen nicht verstand?

Je länger sie darüber nachdachte, um so verwirrter wurde Magda, sie befand sich in einem Kreis, den sternförmig mehrere Wege verließen. Alle diese Wege kamen aus ihrer Mitte, hatten dort ihren Ursprung, aber sie führten auseinander!

„Bist du jemals auf den Gedanken gekommen, daß Martin mehr weiß, als er dir gezeigt hat? Daß er nicht vor eurer Liebe davongelaufen ist?"

Magda ließ die Finger von den Kartoffelschalen und sah Lynn erstaunt an.

„Nur mal angenommen: wenn du Schädls Tochter bist, und wenn Martin das weiß, dann hat er vor etwas ganz anderem Angst."

Die Dinge hinter den Dingen! ...

„Lynn, ich kann ... überhaupt nicht mehr denken."

„Dann rauch nicht soviel."

„Ja, du hast recht." Magda schob die Zigarette wieder in die Schachtel, setzte sich auf den Stuhl, der schon zu ihr gehörte, auf dem sie immer saß, wenn sie nicht weiterwußte, und richtete verständnislose Augen auf Lynn.

„Blackout. Na also. Wir sind nahe dran." Lynn goß einen Schwapp Olivenöl in den Topf, rührte um und kostete. In früheren Situationen hatte sie manchmal gelacht, wenn die Freundin so hilflos vor ihr saß. Das verbot sich jetzt. Es ging auch nicht nur um sie. Ihr Leben, ihre innige Gemeinsamkeit wurde entschieden durcheinandergerüttelt, Magda ging weg, und sie konnten nichts tun, es war nicht aufzuhalten, der Fluß hatte sie in einem empfindlichen Augenblick gepackt, d a s war der Plan, von Anfang an perfekt, er reichte zurück bis zu den Dämmerstunden, in denen die Mutter die Geschichten erzählte, und alles, was danach geschehen war, hatte sie konsequent auf diesen Punkt zugetrieben.

Magda ahnte Lynns Gedanken. „Du mußt dich entscheiden: hilf mir oder laß mich. Auch wenn es dir wehtut, ich kann dich nicht schonen, ich komme aus dieser Geschichte nicht mehr raus."

„Dann lebe sie ganz."

„Wie meinst du das?"

„Elbsandstein! Bitte sei mir nicht böse, ich weiß, wie schwierig da geklettert wird. Viele von den Großen haben dort trainiert. - Aber es sind keine Berge! Da kommst du nicht her. Nicht wirklich, Magda. Das reicht dir doch nicht."

Magda war betroffen. „Seit wann denkst du das?"

„Seit du dich mit so auffallend jugendlichem Schwung unter die jungen Leute mischst. Versteh mich nicht falsch. Ich bewundere dich, und ich gehöre nicht zu jenen, die Altersgrenzen setzen. Ich glaube sogar sehr fest, daß jemand, der erst so spät einen solchen Sport beginnt, es anders tut: bewußter, intimer. Der Einsatz ist höher: nicht die Risikobereitschaft und Unbekümmertheit der Jugend, sondern das Gut eines halben Lebens. Das wiegt schwerer. Du weißt, was du verlieren würdest."

Die Suppe kochte über, und das paßte jetzt, das riß Lynn aus ihrem Redefluß. Magda schwieg. Ihre Augen waren ernst und groß. Sie betrachtete die Freundin, die ihr in diesem Moment so nahe war wie nur zweimal im Leben: nach dem Tod der Mutter und der Geburt der Kinder. Wie sie sie liebte. Keine Schwester könnte ihr jemals vertrauter sein als dieses Wesen, das sich oft so schroff den Gefühlen verschloß und dabei die tiefsten Gefühle empfand.

Sie ging hinaus in den Hof. Stand vor dem blauen Scheunentor. Die Katze kam durch die Öffnung gekrochen mit einer Maus, sie legte sie in Lynns Schuh. Drinnen Tische und Bänke. Lynn feierte gern. An ihrem vierzigsten Geburtstag hatte sie die gesamte Belegschaft des Senders eingeladen und die Scheune mit Strohpuppen dekoriert. Jede dieser Puppen war ganz genau auf einen Mitarbeiter zugeschnitten, und natürlich mußte Magda sie in Stoffetzen kleiden. Es war ein Riesenspaß. Jeder fand seine Puppe. Für jede hatte Lynn noch ein Verslein gemacht. Später tanzten sie. Es war ein sehr warmer Abend. Die Gäste schliefen im Stroh, und irgendwann, in der Nacht, vermißte Maga Lynn. Sie fand sie am Kleinen Weiher. Sie saß am Bootssteg, in Tränen aufgelöst und so hoffnungslos betrunken, daß es einem Wunder glich, daß sie nicht ins Wasser gefallen war. Und was Magda auch versuchte, sie konnte sie nicht beruhigen: eine der Puppen, die aufwendigste, schönste, hing noch immer unberührt unterm Scheunendach, bestimmt für den Mann, den Lynn damals liebte.

Sie weint hemmungslos. Ihr ganzer Körper ist ein verkrampftes, geschnürtes Paket, das mit der sinkenden Sonne immer kleiner wird. Ist das noch ihre Stimme? Sitzt neben ihr nicht, gefangen wie sie, ein winselndes Tier?
Er hat sie verlassen. Er hat sie nie gewollt. Er wird das so nicht beabsichtigt haben und nicht einmal wissen, was sich da ereignet hat. Es ist unbewußt geschehen. Sie hat die Antwort

gefunden, nach der sie suchte, niemals ließe er sie so lange hier allein, wenn sie ihm wirklich wichtig wäre.
Sie bereut, das zu wissen. Es tut ihr nicht gut, die tieferen Schichten zu erkennen, die Dinge hinter dem Vorhang, das Geheimnis, die Essenz. Es wäre ihr jetzt lieber, den giftigen Kelch bis zum Grund zu leeren und daran zu sterben, als den Trunk in seine tödlichen Bestandteile zu zerlegen.
Das Warum nagt an ihr. Hat sie zuviel erwartet? War sie nicht aufmerksam genug? Sie versucht, sich an Einzelheiten zu erinnern, die sie bislang übersehen haben könnte, kleine Hinweise dafür, daß ihre Tour unter einem schlechten Vorzeichen stand. Dieser Schneesturm damals ... Was genau war da passiert? Hätten sie mehr darüber sprechen sollen, hätte das etwas geändert, oder wären sie jetzt ohnehin durch die Fehler der anderen in Not?
Erste Sterne am Himmel. Die Lichter der Hotels wie reglose Glühwürmchen, und die Frau denkt daran, daß ein abends scharf gezeichneter Grat meist einen Wetterumschwung bringt. Wenn sie schlafen könnte! Die Reglosigkeit spart zwar Energien, läßt sie aber auch das Frieren besonders deutlich empfinden. Sie leert den Rucksack. Steckt die Beine hinein. Dabei stößt sie auf den Biwaksack, was für ein Glück! sie hat ihn vergessen, jetzt wird alles gut, dieses Ding wird sie behüten wie ein Schneckenhaus, sogar mehr als das, sie brauchte schon als Kind eine Decke überm Kopf, wenn die Angstattacken kamen, in der großen Wohnung, im noch größeren Bett, in das die Mutter manche Nacht nicht kam, weil sie bis zum Morgen bei einer Freundin blieb. Allein jetzt in einer Dunkelheit, die sie beruhigt, weil sie faßbar ist, weil sie Grenzen hat, sie reicht nur von ihr bis zu dieser Hülle, fällt nicht in endlose Tiefen hinaus, sie kann die Augen öffnen und die Hülle berühren, da ist nichts unverständlich, alles logisch und klar, und draußen

bleibt es noch eine Weile hell ...allein in dieser Dunkelheit, die sie selbst geschaffen hat, hört die Frau auf zu weinen, ja, es wird gut, morgen wird man sie holen, bis dahin hat sie es warm, und so kann sie sich endlich aus der Verkrampfung lösen, sich entspannen und zumindest versuchen zu schlafen.

Sie war vor Tagesanbruch wach. Sie nahm die Kamera und wartete in Bergschuhen und Schlafanzug auf den Sonnenaufgang, sie hätte nie gedacht, daß sie einmal so früh in solcher Höhe stehen würde, allein, umgeben von wuchtigen Zinnen, die an den Nordflanken eisig blinkten. Weit gegenüber, hinter zwei Gipfelspitzen, brannte der Himmel in vergänglichem Orange, wurde heller, die Sonne wuchs gleißend empor, und Magda fotografierte, es waren nur Sekunden, in denen das Gegenlicht noch zu beherrschen war.

War das ein Weg? Durch die Berge streifen und seltenen Momenten das Vergehen verweigern?

Sie zog sich an. Das Frühstück nur Kaffee. Sie trug ein halbes Brot in ihrem Rucksack, sie würde später essen, bei der ersten Rast, bevor der eigentliche Klettersteig begann.

Sie dachte nicht nach. Sie tat einfach nur. Sie war zuhause an einen Punkt gelangt, an dem kein Alleinsein, ganz egal wo, schlimmer und bedrückender werden konnte als die Stunden in der bedrohlich schweigenden Wohnung. Sie hatte Menschen eingeladen. Den halben Kletterverein. Sie hatte für die Jungen geputzt und gekocht und selbst keinen Bissen heruntergebracht, denn die andern planten Urlaub, sprachen über ihre Babys, diskutierten Ortswechsel oder Studienthemen. Niemand ahnte, wie sehr all die Worte Magda an ihre Zwillinge erinnerten, an die Zeit, die nie mehr käme, an die Unbefangenheit, mit der sie morgens ihre Milch geschlürft hatten wie junge Kätzchen, die Sinne schon im Freien.

Zwei Stunden stieg sie aufwärts, über Geröll, das in der Nacht auf dem darunter liegenden Eis festgefroren war und sich gut begehen ließ. Was suchte sie in den Alpen? Trügerischen Trost, oder neue Erfahrungen und Strategien, um die inneren Berge zu bezwingen, vor denen sie immer noch hilflos stand?

Eine windige Scharte. Sie wollte jetzt das Brot. Sie suchte Schutz hinter Felsen, doch es blies von allen Seiten, so daß es besser war, wenn sie hier nicht lange blieb. Sie stieg in den Gurt. Hängte die Sicherung ein. Auch wenn die Felsbänder in solchen Steigen noch breit genug waren, so ging es doch dicht daneben hunderte Meter abwärts, und sie wollte auf jeden Fall heil nach Hause kommen.

Viele Paare und Gruppen. Niemand ging allein. Vielleicht trug auch niemand solche Last im Gepäck, sie mußte entscheiden, ob sie nach dieser Tour zu Martin fahren sollte, um ihm und Schädl die Wahrheit über ihren Vater zu entreißen. Ob sie das wirklich wollte. Und was das für sie hieß.

Stundenlang konzentrierte sie sich auf nichts als den nächsten Handgriff, den nächsten Tritt. Wenn die Beine schmerzten, wenn es stach in der Brust, hielt sie kurz an. Es war nicht nur Genuß. Es war eher so, daß sie aufgeben wollte, doch irgendwann war der Weg zurück genauso weit wie die verbleibende Strecke.

Die Fragen verblaßten. Sie suchte nichts mehr. Sie

ging und ging, sie wurde selbst zu diesem Gehen, und schließlich war der Kopf so leer und frei, daß sich die Probleme aufzulösen begannen.

In der Brenta hausen Nebel. Sie fegen herauf mit unvorstellbarer Geschwindigkeit. Sie sah den Abgrund nicht mehr. Sie sah vor sich den Weg, der nach wenigen Metern im Nichts verschwand. Der Fels troff vor Nässe. Fern ein Steinschlaggeräusch. Magda bog um eine Kante und befand sich jetzt auf der nördlichen Seite, alles Wasser gefror, dicke Zapfen hingen wie Stoßzähne herab, und die Tritte der Leitern waren mit Eis bepackt.
Sie liebte es! Das überraschte sie. Dieses Vorwärtstasten in der Einsamkeit, in deren Größe sich alles verlor, was kleinlich und nebensächlich war. Wie von oben schaute sie auf ihr Leben herab. Es glich einem farbigen Puppenspiel, und sie erkannte, daß die Puppen sich bewegen ließen, wenn sie ihnen andere Impulse gab.
Magda sah auf die Uhr. Sie war zu langsam. Regelmäßig am Nachmittag kamen die Gewitter, sie mußte vorher in der Hütte sein. Via Ferrata – Eisenwege. Sie hätte bei Blitzschlag keine Chance. Aber die langen Leitern, mit deren Hilfe man die tiefen Schluchten überwand, hatten an ihren Kräften gezehrt, und das ständige Sichern hielt sie zu lange auf. Sie klinkte sich aus. Sie hatte sich eingewöhnt. Die große Höhe machte ihr nichts mehr aus, und brach der Weg ab, durch Felsrutsch oder Wasser, konnte sie sich immer noch am Drahtseil halten.
Als sie ihr Ziel erreichte, donnerte es schon. Schwarz

stieg das Unwetter innerhalb von Minuten über den westlichen Gipfelzug. Es verschlang das Schneefeld, saugte die Hütte in Nacht. Erschöpft, aber unendlich ausgelassen, saßen die Menschen drinnen beim Wein, und Magda, die ebenfalls ihr Viertel trank, fühlte plötzlich, wie die Nähe von Gefahr etwas Klärendes hatte, so wie auch die Luft nach einem Gewitter wie reingewaschen war. Sie würde zu Martin fahren. Würde ihre Fragen stellen. Das Leben, soviel hatte sie durch ihn gelernt, war nicht endlos und das Ende nicht vorhersehbar. Er könnte morgen sterben, Schädl sowieso, und dem hatte sie versprochen, ihn zum See zu fahren, zu dem seltsamen Friedhof, auf dem irgendwer lag, nur nicht ihre Mutter, vielleicht würde sich die Erinnerung in ihm beleben lassen. Und was Martin und seine Ängste betraf, so wollte sie wissen, woher sie kamen, Windmühlenflügel lohnten keinen Kampf. Sie wollte s e h e n , wogegen sie antrat, wofür sie sich und Lynn auseinanderriß. *Erwarte die Ankunft, feiere sie als Fest* ... Aber der Traum hatte ihr nicht gesagt, wo und wann, und vor allem nicht, wie weit sie zu gehen hatte bis dahin. Ob sie schneller gehen müßte. Ohne Sicherung. Vielleicht war das, was sie bis hierher wußte, nur ein allererster Anfangsschritt. Aber so, wie sie diesen gefunden hatte – sie goß sich Wein nach, sie fühlte ein Glück, daß durch die Erschöpfung weich und unbegrenzt schien – würde sie einfach nur weitergehen, egal mit wem, es war ja nicht einmal gesagt, daß sie und Lynn sich verlieren mußten, vielleicht fänden sie sich anders, vielleicht fänden sie sich neu, und das Wissen um den Vater mußte jetzt her, sie wollte nicht mehr abgeschnitten sein von seiner Kraft. Es war wie bei jeder ihrer Touren hier: je weiter sie vorangeschritten war, um so länger und mühsamer wäre es, umzukehren.

Das Seil hängt herab. Sie sieht es nicht. Sie kriecht erst aus ihrem Biwaksack, als der Mann in der Luft gut zwei Meter vor ihr zu pendeln beginnt, um zu ihr zu gelangen, was aber nicht gelingt, der Überhang drängt ihn zum Abgrund. Er versucht, ihr die freien Enden zuzuwerfen, sie kann sie nicht fassen, sie werden nach unten gezogen. Er schaut hinab und bemerkt, daß sie aufliegen, etwa zehn Meter tiefer berühren sie wieder den Fels, und so läßt er sich langsam noch weiter ab und klettert von dort frei zu ihr herauf.
Sie erkennt ihn nicht. Sein Haar ist grau. Auch sein Gesicht und die Hände, alles schimmert aschfahl, und die Augen, in die sie sieht, sind dem Tod näher als dem Leben – er sinkt neben ihr zusammen und schläft sofort ein.
Sie klinkt ihn in den Haken. Löst das Seil von seiner Brust. Sie zerrt daran und atmet erleichtert auf, da es sich vom Fels oben abziehen läßt. Es pfeift an ihr vorbei. Sie hält das Ende sehr fest. Auf keinen Fall dürfen sie das Seil verlieren, sie angelt es herauf, ordnet und sichert es, dann schaut sie mit wachsendem Entsetzen auf den Mann.

Sie ging zu Fuß zu Martin. Sie wählte den Weg, den sie damals mit Lynn gegangen war. Es glich einer Wallfahrt. Mit jedem Schritt war ihr klar, daß sie eine Grenze überschritt, danach würde nichts mehr wie vorher sein, und sie freute sich, kein Warten mehr, kein Suchen, sie würde wieder schlafen können in der Nacht, statt zu grübeln, wie alles zusammenhing.
Schädl war ihr Vater. Sie spürte das. Sie würde bei

Martin bleiben oder gehen, und dann gäbe es keine Zweifel mehr, dann wüßte sie, sie hätte alles getan, alles versucht, dann könnte sie beruhigt eine andere Richtung wählen, die sie ohne den zurückgelegten Weg hierher vielleicht gar nicht gefunden hätte.

Wie leicht alles war! Wie belebend, wie klar. Magda ging immer schneller, der Anstieg war steil, doch er paßte zu ihrer neu erwachten Kraft. Von oben näherte sie sich dem Hotel, und es war ein unbeschreiblicher Moment, als sie es liegen sah, auf dem kleinen Plateau, eine heitere Oase zu Füßen einer Wand, die ernst und ewig aufstieg dahinter.

Weiter unten die Hütte. Wie ein Bindeglied. Wer vom Tal herauf kam, wurde begrüßt, wer ging, nahm Abschied, doch die meisten kamen wieder, ohne daß sie genau sagen konnten, warum.

Magda blieb stehen. Ein letztes Mal. Ein letzter Moment, in dem noch alles offen war, voll ungewisser Spannung, voll Erwartung jetzt auch. Sie sah hinauf zur andern Hütte. Sie stand nicht mehr da. Sie mußte im Winter zusammengefallen sein, es hatte ungewöhnlich viel Schnee gegeben, wie ein Kartenhaus war sie vornübergestürzt.

Wie mochte Martin das empfinden? Die Heimstatt des Einhorns ... Hatte Magda denn wirklich verstanden, was es hieß, zwei Brüder zu verlieren, er war der Älteste, wie tief ging da das Verantwortungsgefühl?

Sie blieb lange so sitzen. Es gab keine Zeit. Die Zeit war eine Erfindung des Menschen, wenn es wesentlich wurde, brauchte man sie nicht. Nur den Duft der Sträucher. Die erhitzte Mittagsluft. Die Gewißheit, etwas hinter sich zu lassen, in einem Universum, das

Erinnerung hieß.

Martin wiederbegegnen! Sie war jetzt sehr aufgeregt. Wie in Trance glitt sie abwärts, wie ein großer Vogel, der sein Ziel genau ins Auge gefaßt hat und sich tollkühn fallen läßt auf diesen einen Punkt, um die Beute zu fangen oder zu verfehlen, einen Mittelweg gab es nicht.

Sie mied den Parkplatz. Sie ging über die Wiese. Sie wollte ihn sehen, ohne daß er sie sah und näherte sich deshalb über die Terrasse. Auf den Stufen zitterten ihr die Knie, als wäre sie Tausende davon gestiegen. Ein paar Gäste an den Tischen. Die Sonnenschirme aufgespannt. Sie setzte sich in den äußersten Winkel, konnte aber von da ins Innere blicken.

Er stand am Tresen. Sehr aufrecht. Sehr ruhig. Er rauchte und sah über die Menschen hinweg zu den grauen Gebirgszügen jenseits des Tals, die still und erhaben ineinanderflossen. Er war braungebrannt. Er wirkte müde. Er trug einen dünnen, weißen Pullover, selbst im Sommer ging er mit langen Ärmeln, schob aber die Bündchen bis zu den Ellenbogen hinauf.

Das Telefon klingelte. Er verschwand in seiner Nische. Sie sah jetzt nur noch eine schlanke Hand, die sich an die Wand stützte, und sie erinnerte sich ihres allerersten Blickes auf seine Hände. Sie hatten sie überrascht. Sie waren schön und zerschunden. Sie nahmen den ganzen Kerl vorweg, die Eleganz der Bewegungen, die innere Zerrissenheit. Nichts verriet ihn so sehr wie diese Hände, und wenn er im Morgengrauen nach ihr griff, war es nicht nur die Berührung, die sie so liebte, sondern auch, was die Augen im ersten Licht erfaßten.

Vertieft in dieses Bild, sah sie Martin erst, als er vor ihr stand, zu Stein erstarrt. Sie konnten beide nichts sagen. Er lachte, setzte sich, stand auf und stieß sich dabei am Sonnenschirm.
Jetzt lachte auch Magda.
„Was machst du denn hier?" Es war der dümmste Satz, den man sagen konnte, doch Magda hielt mit: „Höhenluft schnuppern."
Sie sahen sich in die Augen. Helle Freude darin. Plötzlich war es nicht mehr zu verstehen, daß sie sich so lange Zeit verloren hatten. Magda stand auf. Martin riß sie an sich. Er tat es auch, damit sie nicht sehen konnte, wie ihm die Tränen kamen, „... Wahnsinn ..." stammelte er.
Und dann lachten sie noch mehr, und Martin nahm sie am Arm, „Schnell weg hier!", er zerrte sie um das Hotel, den Waldhang hinauf, über die steinige Rinne. Magda wußte, wohin er jetzt mit ihr wollte, hoffentlich hatte er die Zerstörung schon entdeckt.
Die Balken wild übereinander. Wie beim Mikadospiel. Der Hang war einfach ins Rutschen gekommen, mehr als hundert Jahre hatte das Wasser gebraucht, um sein unterirdisches Werk zu vollenden.
„Wir brauchen sie nicht mehr", sagte Martin leise.
„Nein. Jetzt brauchen wir sie nicht mehr."
Es blieb offen, was ein jeder von ihnen meinte, und doch verstanden sie sich zutiefst.
„Du bist da."
„Ich bin da."
„Du hättest anrufen können."
Er sagte es zärtlich, während er begann, Magda auszuziehen, erst das T-Shirt, dann die Shorts. Die Berg-

schuhe hätte er aufschnüren müssen, soviel Geduld hatten beide nicht. Sie ließen sich fallen. Das Gras war warm. Es roch ein bißchen nach Heu, der Boden wurde am Südhang immer sehr schnell trocken, erst im Frühjahr käme von den verschneiten Gipfeln das Schmelzwasser herab und würde auch die Bäche füllen.

Es war zu lange gewesen. Das zeigte sich jetzt. Ihre Körper reagierten wie hungrige Tiere, die einander fraßen, mit ungeheurer Gier. Danach schliefen sie. Nie wieder erwachen! Nie wieder die Glieder bewegen müssen, die ineinanderlagen, mit gestilltem Blut. Später tasteten Magdas Augen Martins Hände ab, das Stück Arm, das sie sahen, die Haut schimmerte falb. Sie strich mit den Fingern über die Härchen am Gelenk, glättete sie, bürstete sie gegen den Strich.

„Kannst du bleiben?" fragte Martin.

Wie verlockend das klang.

„Ich möchte, daß du bleibst."

Magda richtete sich auf, vor der Landschaft lag ein Filter, weicher und wärmer schichteten sich die Farben rings.

„Hast du dir das überlegt?"

„Ich hatte lange genug Zeit."

„Dann weißt du es auch –"

„Er ist dein Vater. Ja."

Nun war es gesagt, schneller, als sie gedacht, schneller auch, als sie es erwartet hatte. Magda lehnte sich an ihn, schob den Kopf an seine Schulter und atmete unruhig. Martin wartete. Sein Gesicht war jetzt nicht mehr so gelöst wie vorhin, spiegelte deutlich Trauer und Resignation, aber auch eine Spur Erleichterung,

daß er endlich aufhören konnte zu kämpfen.
„Sag es ihm nicht. Er ist müde und alt. Er hat Jahre gebraucht, um sich abzufinden mit dem Verlust, es würde ihn nur verwirren."
„Martin ...?!"
„Es ist besser so."
„Was redest du da?"
Magda bog sich von ihm weg, als wären plötzlich alle Unklarheiten wieder aufgetaucht. Entschlossen stand sie auf. Maß ihn mit zweifelndem Blick.
„Was hast du vor?"
„Ich gehe zu ihm."
„Tu es nicht, Magda, b i t t e !"
„Also gut. Dann kläre mich endlich auf."
Er wurde nervös.
„Ich halte das nicht mehr aus. Seit ich zum ersten Mal von ihm gesprochen habe, reagierst du abweisend. Ich möchte wissen, warum?"
Martin schwieg. Obwohl sein ganzer Körper verriet, daß er nach Worten suchte, brachte er keins hervor.
„Sprich mit mir, Martin, bitte. – Ist es wegen des Erbes?"
„Wie kommst du denn d a r a u f ?"
„Ich nehme dir nichts weg."
Sein Blick wurde ruhiger, Magda sah, wie die Spannung langsam von ihm wich und sprach ohne Pause weiter: „Es ist mir nicht wichtig, Materielles hat noch nie eine Rolle im meinem Leben gespielt. Wir sind anders aufgewachsen. Wenn man eingesperrt ist, gewinnt Ideelles an Wert, nicht das Geld. Deshalb fiel es mir auch schwer, mich in dich hineinzudenken. Im Grunde hat erst Lynn mich darauf gebracht. Sie ist

eine tolle Freundin. Ich weiß gar nicht, wie ich in Zukunft ohne sie auskommen soll. - Das wird schwer für dich. Sie wird mir wahnsinnig fehlen."
Damit hatte sie geschickt einen Bogen geschlagen zu Martins Bitte, bei ihr zu bleiben, was sofort wirkte, das Glück des Wiedersehens steckte tief und ließ sich nicht so leicht zerstören. Magda ahnte, daß sie lediglich die Spitze des Eisberges gestreift hatten und wollte instinktiv zunächst das Erreichte absichern. Sie brauchten Zeit. Und Martins Vorschlag, Schädl nichts davon zu sagen, daß sie seine Tochter war, konnte auf keinen Fall ernst gemeint sein.
Sie ging zur Hütte. Die paar Möbelstücke waren durch die Wucht der Balken zerschlagen, Magda suchte nach Resten der Kommode und kam mit der kleinen Schublade zurück.
„Wenn sie nicht geklemmt hätte, wäre ich nicht hier."
Martin lachte. „Suchst du schon die Einrichtung zusammen?"

Sie läßt ihn schlafen. Sie tastet seinen Puls. Er geht so langsam, daß sie befürchtet, jeder Schlag könnte der letzte sein. Wäre das auch ihr Ende? Wollte sie noch heraus aus diesem trügerischen Fels, der ihr vorgegaukelt hatte, daß es mit ihnen ginge, daß sie harmonierten auf schwierigem Weg?
Doch es hat nicht in ihrer beider Macht gestanden, selbst hierher ist ihnen die Welt gefolgt. Sie haben versucht, ihre Spur zu finden, sie sind ausgewichen in die Einsamkeit. Andere sind gekommen. Sie haben ihren Weg gekreuzt und sie aus der Bahn geworfen, in ungewisse Richtung.
Bleib bei mir, bittet sie, du darfst jetzt nicht gehen! Nur noch zweihundert Meter, die müssen doch zu schaffen sein!

Er rührt sich nicht. Sie streicht durch sein graues Haar. Was ist passiert, was ist da oben geschehen, daß ein alter Mann zu ihr zurückgekommen ist?
Sie rollt sich zusammen, schließt die Augen und fleht Gott um Frieden und Erlösung an. Daß es vorbei sein möge. Schon im nächsten Moment. Diese Nacht ist das Ende aller Poesie, allein hier zu sein, während der Mann vielleicht stirbt, gleicht der unbarmherzigen Wahrheit der Hölle, die mit wachsender Kälte das Denken lähmt. Doch die Nacht verschluckt ihre flehenden Gebete, macht ihr Ringen unwirklich, träumt sie, ist sie wach? Wie auf einer Leinwand, so laufen Szenen aus ihrem Leben an ihr vorbei. Sie bleibt unbeteiligt. Sie schaut nur zu. Sie versucht, die Gefühle, die sie sieht, zu verstehen, doch sie erinnert sich nicht mehr. Sie hat kein Gefühl. Sie hockt auf nächtlichem Fels, einem Vogel gleich, und Vögel fühlen nicht, sie fliegen, sie spielen mit dem Wind, sie machen sich ganz leicht, und das wird von jetzt an ihre Aufgabe sein: leicht zu werden, widerstandslos, voller Vertrauen in die Schöpfung, seit sie hier ist in der Wand, hat sie sich diesen Zustand gewünscht, sie wird alles Schwere abgeben jetzt, nur den Mann noch halten, festhalten, wie Beute, er weiß ja nichts, und dann fallen, fallen ...

„Man erzählt, daß oberhalb der Südwandhütte ein einhörniger Steinbock gesehen wurde. Meinst du, daß wir ihn finden?"
„Kann schon sein ..."
„Und – Schädl, hat ein Steinbock ihn inspiriert?" Sie hatte mein Vater sagen wollen, es aber noch nicht herausbekommen. Als wenn er es selbst erst wissen müßte, als ob allein durch ihn dieses Wort möglich würde.
„Ich denke, es war eher das Einhorn aus dem Mär-

chen. – Schließlich ist so ein Steinbock sehr selten."
„Hat er eine Bedeutung?"
„Bei den Einheimischen schon. Man sagt, daß dann etwas Besonderes geschehe: ein Unglück vielleicht, oder eine große Liebe."
Sie saßen in der Hütte. Es war weit nach Mitternacht. Sie waren zu Fuß ins Tal gegangen und hatten Magdas Auto heraufgeholt. Ihr erster Abend damals! Wie lange war das her? Sie beschworen ihn herauf, und sie sprachen sehr zärtlich und sehr behutsam, Schädls Kammer war zu nah. Doch irgendwann war alles gesagt, die Erinnerung belichtet, alle Wachsamkeit verbraucht. „Er hat seinen Frieden", sagte Martin, als Magda immer öfter zu Schädls Tür hinsah. „Du kannst die Vergangenheit nicht mehr ändern, auch wenn es hart klingt, es gibt für dich keine Jahre mit Vater."
„In der Vergangenheit nicht. Aber jetzt, vielleicht."
„Die Verbindung ist da. Ob er es weiß oder nicht. Das spielt sich auf einer anderen Ebene ab, und die ist sowieso unantastbar."
„Aber die Wahrheit -"
„Die Wahrheit ... Was bringt die denn? Das ganze Leben noch einmal umzuwerfen, nichts hätte gestimmt, stell dir doch mal vor: vierzig Jahre wären falsch gewesen, müßten umerlebt werden, wie soll denn das gehen? Die Gefühle sind doch rückwärts nicht austauschbar, die Gefühle waren doch echt!"
Die Eindringlichkeit, mit der Martin sprach, ließ Magda zögern, machte sie nachdenklich. Er sprach ja nicht nur für den alten Mann, er sprach auch ein bißchen für sich selbst. Fiel es ihm nicht auch schwer,

sich daran zu gewöhnen, daß Schädl eine leibliche Tochter hatte, kamen aus diesem Umstand nicht ihr gegenüber Unsicherheit und eine leise bohrende Distanz?

Und doch hatten sie nicht das Recht, fand Magda, über Schädls Gefühle zu entscheiden. Sie wußten doch gar nicht, was seine tiefste Sehnsucht war. Vielleicht hatte er trotz alledem gehofft, auf ein Wunder, auf irgendeine irre Wendung, die so wirklichkeitsfremd und unglaublich war, daß er niemals darüber gesprochen hatte.

„Ich verstehe dich, Martin. Ich bin selbst unsicher. Denkst du, für mich ist das ganze leicht? Ich kann doch auch nicht einfach zu ihm gehen: Hallo Vater, hier bin ich, nimm mich in den Arm. Sowas ist doch schwer. Sowas kann man doch nicht. Man kann es aber auch nicht vorher üben, ich stehe ganz unerwartet davor. - - Ich habe versucht, darum herumzugehen. Ich habe nur einen bestimmten Teil mit nach Hause genommen: das Klettern, die Natur. Diese ganz besondere, fast intime Art, sich in solcher Natur zu bewegen. Ich dachte, ich hätte schon alles gefunden, wonach ich suchte, ich dachte, es genügt, mit jungen Leuten durch den Sandstein zu kraxeln, und schon wäre ein neues Leben für mich da." Sie sieht Martin an. Sein Interesse ist da, ein Interesse, ohne das jede Liebe wertlos wird. Ruhig spricht sie weiter: „Ich komme nicht darum herum. Seit meine Kinder aus dem Hause sind, schaue ich nicht mehr vorwärts, sondern zurück. Es ist keine Zukunft da. Zumindest für den Moment. Bei allem, was vor mir liegt, fehlen die Kinder, und ich war sie so viele Jahre gewöhnt, daß es mir den Boden weggerissen hat."

„Das betrifft nur dich, das sind d e i n e Gefühle, das kannst du nicht einfach auf Schädl übertragen."

„Aber dieser Mann hat meine Mutter so geliebt, es muß doch ein Trost sein, daß es mich gibt, daß etwas weiterlebt, daß etwas davon bleibt."

„Will er das denn?"

Auf Magdas Gesicht fiel ein Schatten. „Ich weiß es nicht. Aber ich hoffe es, ja. Ist das denn nicht normal?"

Martin schüttelte den Kopf. „Ich glaube, ich kenne ihn ziemlich gut. Wenn ein Mensch, den du liebst, nicht mehr mit dir spricht, wenn er sich entzieht, entsteht sowas wie ein Sog. Du versuchst, ihn zu verstehen, um es auszuhalten, du m u ß t ihn verstehen, du kriechst förmlich in ihn rein. Und weißt du, was ich da drin gefunden habe? Alles ist verhärtet, feste Ansichten und Grenzen, je älter er wurde, um so mehr schloß er sich ein. – Da ist kein Herankommen. Du hast es selbst erlebt. Er wirft mir noch heute die Dinge von damals vor."

Erneut konnte Magda sich des Eindrucks nicht erwehren, daß mit jedem Wort, welches Martin sprach, auch ein Stück seines eigenen Wesens sichtbar wurde. Daß auch er verhärtet war. Durfte sie das übersehen?

„Vielleicht hast du recht."

Martin schwieg. Verwundert jetzt.

„Er hätte sonst sicher auf die Briefe reagiert."

„Welche Briefe?" Ein lauernder Blick erreichte sie, doch sie sah es nicht, sie starrte auf Schädls Tür.

„Die sie ihm geschrieben hat."

Martin wurde nervös. „Woher weißt du das?"

„Es macht einfach keinen Sinn." Sie drehte sich im Kreis, sie war umstellt von Fragen, und sie trank jetzt zu viel. „Wieso hat eine Tote den Schmuck gehabt, der meiner Mutter gehörte, wie kam er wieder zu Schädl?"

Martin goß ihr Wein nach, und sie merkte nicht, daß sich dahinter eine Absicht verbarg. Das Gespräch aufhalten! Eine Möglichkeit finden, mit dem, was er wußte, allein zu bleiben.

Er brachte sie nach oben. Legte sie ins Bett. Er hätte jetzt gern mit ihr geschlafen, nicht, weil er sie begehrte, sondern weil es für ihn eine Droge war, in die er sich flüchten wollte. Doch es ging nicht. Die Nähe, in die sie gerückt war als Tochter dessen, den er als Vater empfand, verkehrte sich seltsam, wurde zu einer Kluft, er hatte sie von Anfang an gespürt. Nicht mit ihr und nicht ohne sie, dachte er bitter, so leb mal. Aufgewühlt verließ er den Raum.

In einem unausgebauten Winkel unterm Dach stand eine Truhe, uralt und verstaubt. Martin kniete sich vor sie. Tastete nach dem Riegel. Sie ließ sich nicht öffnen, er lächelte finster, er selbst hatte einst das Schloß angebracht. Er nahm das Feuerzeug. Hielt es unter den Giebel. Er fand den Schlüssel, öffnete die Truhe und nahm ein verschnürtes Päckchen heraus.

Hinter ihm ein Geräusch. Wie ein fallender Stuhl. Dann war es wieder still, er lauschte, doch Magda schien fest zu schlafen, erst als er zu ihr trat, öffnete sie die Augen und bat ihn um Wasser, sie hätte zuviel getrunken, sie hätte riesigen Durst. Während er hinabstieg, huschte sie zu der Truhe, sie hatte ihn gesehen mit dem Päckchen in der Hand. Da sie kein Licht hatte, tastete sie nur, das Päckchen war handflächengroß und flach – Briefe! - das mußten Briefe sein.

Martins Schritte auf der Treppe. Sie hastete zurück. Es gelang ihr, die Aufregung zu unterdrücken, auch den schnellen Atem, sie nahm das Glas und trank. Während er ihr zusah, rasten ihre Gedanken. Die Briefe waren hier, Schädl hatte sie erhalten, jeden einzelnen, in kleinen, blauen Couverts. Warum hatte er nicht geantwortet? Wußte er von dem Kind? Hatte er nicht verziehen?

Martin am Bettrand. Wie schuldbewußt.

„Ist schon seltsam ...", sagte er irgendwann.

„Was?"

„Die Bindung zwischen zwei Menschen."

Magda ahnte, daß er damit nicht sie beide meinte. Sie nickte, lächelte, ließ ihm Zeit.

„Ich fühle mich schuldig, was die Jungs betrifft."

Behutsam sagte sie: „So kannst du sie nicht lieben."

„Ich habe immer gedacht, daß Schuld annehmen auch eine Art von Liebe ist, daß das zusammengehört."

„Es verhindert sie eher."

„Wie meinst du das?

„Du verzeihst dir nicht. Du willst dich bestrafen. Aber nur, wer sich selbst mag, kann andere lieben."

„Ist das so einfach, Magda?"

Nein, das war es nicht, und da sie selbst genau wußte, wovon sie sprach, fühlte sie sich Martin sehr nahe.

„Der Weg dahin ist schwer. Ich verstehe dich gut. - Meine Mutter hat sich damals umgebracht."

Mit entsetzten Augen sah Martin sie an, was war das,

w a s hatte sie da gesagt? „Das wollte ich nicht", brach es dann aus ihm hervor, „wirklich, das habe ich nicht gewollt!"
„Wieso du? Was hast du damit zu tun?"
Er stürzte zu der Truhe, riß den Deckel hoch, wühlte wild herum und kam dann langsam zurück. „Also hast du sie gefunden ..." Wie kraftlos er klang.
Magda reichte ihm das Päckchen.
„Nein, lies sie nur. Lies ..."
Sie starrte auf den Umschlag, erkannte die Schrift der Mutter, nahm einen blauen Briefbogen heraus.

> ... Du hast mir mal gesagt, daß es mir nie möglich wäre, dich zu verletzen und daß es demnach auch nichts gäbe, was du mir je verzeihen müßtest. Ich bin ohne Abschied weg. Ich hätte es sonst nicht geschafft. Ich weiß, daß Worte im Laufe der Zeit an Bedeutung verlieren, man sagt so viel, wenn man sich liebt. Aber in all den Jahren habe ich sie nicht vergessen, und ich hoffe so sehr, daß in Deinem Leben, das sich sicher seitdem sehr verändert hat, noch ein kleiner Platz für mich geblieben ist, so daß ich Dir jetzt ohne Furcht schreiben kann ...

„Ich wollte, daß er seinen Frieden hat!"

> ... Solange die Grenze noch offen war, solange ein einziger kurzer Entschluß mich wieder zu dir hätte führen können, schien alles richtig, es war ein bißchen so, als wären wir gar nicht wirklich getrennt ...

„So viele Jahre Trauer, so viele Jahre hat er in seiner Kammer geübt, um ihren Kopf nach der Exhumierung zu bemalen. Da lebt sie plötzlich! Was sollte das denn?"

> ... Und doch habe ich es so ernst gemeint, daß ich am Bahnhof einer Ausländerin alle Kleidung und sogar den Schmuck geschenkt habe. Es sollte endgültig sein. Und die Frau war mittellos. Erinnerung aber läßt sich nicht verschenken, es hat Jahre gedauert, bis ich das verstanden habe ...

„Er hat mich nie geliebt. Nicht so, wie den Kleinen. Wenn er jetzt erfährt, daß ich ihm die Briefe vorenthalten habe – ich weiß nicht, was er tut."

Martin klang verzweifelt, zum ersten Mal sprach er aus, daß es ihm nicht nur um Schädl ging. Da waren auch s e i n e Ängste, da kam s e i n e Schuld ans Licht.

Die Briefe waren geordnet. Magda zog einen hervor, den die Mutter ein Jahr später geschrieben hatte.

> ... Es gibt etwas, das ich Dir sagen möchte. Du hast ein Recht, es zu erfahren. Aber nicht durch einen Brief. - Bi t t e k o m m z u m i r ! Ich kann nicht raus aus dem Land. Seit die Grenzen geschlossen sind, habe ich keine Alpengipfel mehr gesehen, und jetzt bin ich krank, und wenn ich auch nicht wirklich erwarten kann, daß Du mir nach all den Jahren verzeihst, bitte ich Dich zu kommen, denn es geht nicht nur um uns, es gibt da noch jemanden, also warte ich auf Dich ...

Magda hielt ein, ihre Hand zitterte. Die feinen silbernen Glieder am Gelenk verschwammen vor ihren Augen, ihr Kopf sank herab.

„ D u hast also die Briefe genommen ... Er kennt sie gar nicht ..."

Schweigen senkte sich auf sie, es war nicht zu glauben,

wie hielt er es aus mit dieser Tat, welche Anmaßung, so in fremde Leben einzugreifen!

„Versteh doch: die Bindung zu dieser Toten war so stark, sie hätte deine Mutter zur Statue gemacht, zu einer Kopie."

Magda begann, auf und ab zu gehen, wie ein Tier im Käfig, mit monotonem Schritt.

„Und du, ist es bei dir nicht ähnlich?"

Sie war plötzlich eine andere Frau, endlich aufgetaucht aus der Wirrnis ihrer Herkunft, mit einem beruhigten und beruhigenden Mut. „Du bindest Schädel an dich, nicht mit Liebe, doch mit Schuld."

„Ich verstehe dich nicht."

„Du hast Macht über ihn. So wie er über die Tote."

„Du sagst das so gelassen?"

Sie näherte sich ihm, sie wollte ihm zeigen, wie gut sie ihn verstand, doch Martin wich zurück. Es war Trauer, die ihn mit Schädl verband, sie war alles, was er hatte, oft erschien ihm das als Last. Gleichzeitig aber war in ihm ein tiefes Sehnen nach den Gefühlen, die der Alte empfand. Daß man so lieben konnte! Beständig und intensiv. Er wünschte, er würde so geliebt von Schädl, und ganz im Innersten wünschte er auch, sich selbst einem Menschen derart auszuliefern.

Sein Zuhause war ein Ort. Aber auch ein Gefühl. Er mußte es schützen, denn würde es verletzt, müßte er gehen. Auch für Schädl galt das. In seiner Vorstellung war die Frau tot, das war s e i n Gefühl, das war sein Zuhause geworden in all den Jahren seitdem. Ihm jetzt zu sagen, daß alles anders war, hieße, die Welt des Alten zu zerstören.

Martin stand auf, und Magda begriff, daß er allein sein wollte, es war viel für ihn. Er würde Zeit brauchen, die Dinge neu zu ordnen, und bevor er diese Ordnung nicht gefunden hatte, könnte er nicht sehen, wer sie wirklich war.
Und sie? Würde sie sich von ihm entfernen? War es denn wirklich möglich, ihn so zu verstehen, daß sie ihr Leben mit ihm teilen könnte, schnitt nicht in ihr Vertrauen jetzt ein tiefer Riß?
„Ich möchte noch hierbleiben", sagte sie. „Ich habe Schädl versprochen, ihn zum Beinhaus zu fahren."
Martin riß die Augen auf. „Aber s i e ist nicht dort!"
„Es wird sich finden", sagte Magda. „Wie, weiß ich nicht. - Manchmal muß man an den Ausgangsort zurück."
Sie sah Martin ernst an, lächelte dann, ihr Gesicht strahlte Ruhe und Zuversicht aus. Sie war dem Brunnen entkommen, in dem das Schweigen Klaus-Peters sie einst gefangengehalten hatte. Auch wenn Martin nicht spräche, s i e konnte sprechen, zu sich selbst, zu Lynn, und später auch zu ihm. Jede große Leidenschaft lebt von der Hoffnung, ohne sie würde sie an sich selbst zugrunde gehen.
„Du kannst oben wohnen", sagte Martin.
„Und du?"
„Ich komme nach. Ich geh noch ein Stück mit dem Hund."

Die Frau will schlafen. Sie ist sehr müde. Doch sie fürchtet, wenn sie sich im Biwaksack verkriecht, könnte ihr draußen ein Zeichen entgehen, sie muß darauf achten, sie ist das Bindeglied zur Welt.

Noch schützt die Hülle. Noch ist die Wärme des anderen Körpers wie ein Versprechen, der gleichmäßige Atem wie das Ticken einer Uhr, die gleich schlagen und den Alptraum beenden wird. Sie schaut auf den Mann. Sie streichelt ihn. Wenn das Zarte aus der Wildnis heraus geboren wird, löst es wie von selbst Schutzmechanismen aus, es ist von besonderer Schönheit, weil vielleicht besondere Vergänglichkeit in ihm liegt.
„Ich habe ein zweites Leben bekommen", sagt da der Mann, er ist unbemerkt erwacht, und die Frau erschrickt, als sie seine Stimme hört.
„Was ist passiert?"
„Der Hund. - Eine Spalte. - Als ich ihn draußen hatte, hätte es mich fast selbst erwischt."
„Konntest du dich nicht sichern?"
„Nein."
„Und trotzdem hast du ihn gerettet?" Die Frau klingt fassungslos. „Erst die Männer, dann den Hund – und du, was ist mit d i r ?"
„Ich kann es nicht erklären."
„In der ersten Nacht – erinnerst du dich? – du sagtest: alles tun, was schädlich ist und zerstört. Hast du d a s damit gemeint?"
„Ich mache mich kaputt."
„Warum?"
„Es ist, als triebe mich etwas, meinen Körper zu zerstören."
„Bevor das Alter ihn zerstört?"
„Nein."
„Was dann? Was tut dein Körper, wenn er gesund ist, Martin, was h a t er getan?"
„Er ist süchtig. Er tötet."
Die Nacht umschließt die beiden Menschen, die sich nicht sehen können und in diesem Moment doch so vieles voneinander

wissen.
„Du mußt aufhören, dir das einzureden. Du hast einen Fehler gemacht. Es ist v o r b e i ."
„Du hast es doch selbst erlebt", fährt der Mann eindringlich fort, „ich habe dich gefährdet. Wir hätten das untere Band gehen sollen. Um ausweichen zu können. Du hast es selbst gesagt."
„Ich werde sehr stolz sein, genau den Weg der Erstbezwinger gestiegen zu sein", versucht die Frau zu trösten, was jedoch mißlingt, ihre Stimme findet keinen lockeren Ton. So fügt sie ernst hinzu: „Du hattest sicher Gründe."
„Es war der letzte Weg, den ich mit den Jungs geklettert bin." Der Mann rappelt sich auf, zieht mit klammer Hand eine Zigarette aus der Jacke und zündet sie an. Es ist die erste, seit er hier ist. Es geht ihm besser jetzt. Sie rücken noch enger zusammen und schauen lange still in die geräumige Nacht, die nur einen Vorteil hat: man sieht die Tiefe nicht.
„Es heißt, daß die Zeit alle Wunden heilt. Das stimmt nicht. Die Zeit kann allenfalls die alten Bilder mit neuen bedecken."
„Ist das bei dir so?"
„Seit du da bist: ja."
Vor Freude beginnt die Frau, leise zu weinen, ein kleiner, in hoher Frequenz schwingender Ton, der zerbrechlich wirkt vor den großen Tönen draußen, und der Mann flüstert zärtlich Worte in ihr Ohr, die sie nicht versteht, die sie nur beruhigen, so daß sie in eine Art Wachschlaf fällt. Plötzlich sieht sie den Alten. Er bemalt einen Kopf. Mit lichtblauer Farbe bildet er die drei Zacken des Gebirges nach, die sein Wahrzeichen sind, behutsam tupft der Pinsel über die knöcherne Stirn.
N i c h t i h n! schreit die Frau.
„Hast du etwas gesagt?"
Der Mann hat das Zittern gespürt, das die Frau angesichts

*dieses Traumes durchlief. Sie kann jetzt nichts mehr vor ihm verbergen, der beständige Wind hat ihre Haut abgeschürft, jede Regung wird sichtbar, jede Verletzung auch.
Die Phantasie schickt ihr Bilder. Unabweislich. Grell. Das Pendeln des Mannes beim letzten Abseilmanöver, frei überm Abgrund - Sein unruhiger Schlaf - Seine natürlich weißen Zähne, zwischen Lippen, die sich selbst beim Sprechen formen, als faßten sie ihren Mund - Sie hört seine Stimme, sehr leise, sehr fern. Dann sieht sie die Scherben des Glases, das er, am Vater vorbei, gegen die Hüttenwand warf, vergrößert und in Zeitlupe springen sie auseinander, von Rotweintropfen bizarr umsprüht. Und immer wieder seine Schultern, seine Hände -
Sie faßt diese Hände. Sie sind sein Herz. Nicht mit den Augen allein durchklettert er die Wände, er b e g r e i f t sie, mit den Füßen, mit den Fingerspitzen. Der Kontakt dieses Mannes zur Natur, den sie zum ersten Mal verstand, als er seinen nackten Körper in das eisige Gletscherwasser legte, zerstört mit Wucht ihr bisheriges Leben, das aus Kulissen bestand, aus Verhüllungen, Attrappen. Müßte sie in diesem Augenblick ein Kostüm entwerfen, sie würde es aus bloßer Haut erschaffen, und sie bestünde auf dem Licht der Sonne, damit der Glanz dieser Haut deutlich sichtbar würde. Danach schaffte sie alle Zeitschriften ab. Alle männlichen Körper, die mit Muskeln protzen, mit denen sie nichts anfangen könnten bei Gefahr. Die wirkliche Kraft ist unsichtbar, konzentriert sich in der Mitte, verbirgt sich hinter Biegsamkeit.
Diese Kraft hat ihn gerettet. Die Frau summt jetzt ein Lied. Es ist die Melodie zu einem Kindergebet, und der Mann kennt es, in kleinen Stücken summt er mit. Sind die Töne Schutz? Erzeugen ihre Schwingungen ein feines Energiefeld, das sie stetig umkreist und eine unsichtbare Hülle um sie webt? Sie werden ganz ruhig. Sie ergeben sich ins Frieren. Ihre Nische erweist sich*

als ein ungewisser Schoß, der gebären und verschlingen in einem kann. Und alles wird gedämpft, alles weicht zurück, es ist die erschöpfende Hingabe an die Liebe, die das Wachen und den Schlaf gleichermaßen ersehnt, weil sie nicht mehr fähig ist, zu teilen und zu trennen.

Eine schmale Straße. Sie führte steil bergab. Hinter halbnackten Bäumen lag schimmernd der See und zog Magdas Blicke magisch an.
„Paß auf!"
Magda bremste. Schädl ruckte nach vorn. Er stützte die Hände auf das Armaturenbrett, und Magda bemerkte einen Ring am kleinen Finger.
Es war ein Silberring. Er war ihm zu eng. Er saß sehr straff und drückte die Haut zusammen, gebräunte Haut, mit vielen Sommersprossen.
„Geht es dir gut?"
Die Serpentinen wurden enger.
„Und dir?" fragte Schädl.
„Wir sind gleich da."
„Der See ist grün", sagte Schädl langsam, und es klang enttäuscht, „Magdalena, ist er grün?"
„Ich glaube, das ist eine Frage des Lichtes ... und bei diesem Wetter ..."
„Er ist sehr grün."
Sie erreichten ein flaches Uferstück. Sie parkten. Ein Bach, etwas Wiese, dann Beton. Wo der Ort begann, war der See begrenzt, er fräße sonst die kleine Landzunge ab, auf der sich das Leben angesiedelt hatte.
Fast senkrecht stieg der Salzberg aus dem See, schräg gestreift durch die einzelnen Lagen des Gesteins. Die Häuser wirkten übereinandergeschichtet, als wüchse

eins aus dem Dach des anderen hervor.

Magda schob den Rollstuhl. Schädl saß angespannt. Das Wasser leckte schmatzend an der steinernen Mauer, manchmal schnarrte eine Ente, ansonsten war es still. Der bewohnte Hang war sehr stark bewachsen, doch das Grün hielt nicht nur den abschüssigen Grund, es umspannte auch die Häuser wie ein schützendes Netz.

Dann ein kleiner Marktplatz. Mit Brunnen und Blumen. Das Mauerwerk rings in Siena und Gelb.

„Ich will etwas trinken", sagte Schädl jetzt, und Magda war froh, daß trotz des trüben Wetters die Restaurants noch Stühle im Freien hatten.

„Kaffee?" fragte sie.

„Sehe ich so aus?"

Er bestellte einen Whisky, und Magda beschloß, mit ihm zu trinken, seit sie losgefahren waren, fühlte sie sich unruhig und bis zur Ängstlichkeit schwach.

„Welche Kirche ist es?"

Was sollte sie nur tun?

Schädls rauher Ton verriet Nervosität, und sie sagte: „Die große Pfarrkirche, links auf dem Berg."

Sie schob ihn eine enge Gasse hinauf, späte Heckenrosen hingen tief in den Weg. Vergeblich versuchte ein dunkler Lattenzaun, ein Stück Garten vorzutäuschen, die Häuser waren sich so nah, daß die Dächer und Balkons sich fast berührten.

Zwischen ihnen der Kirchturm. In den Himmel gehängt. Unter einem mit Holzschindeln bedecktem Dach endete der Weg, steile Steinstufen führten, wie in einem Treppenhaus, zum Kirchplatz hinauf.

„Bitte warte kurz." Magdas Ratlosigkeit wuchs. Was

sollte sie ihm sagen, was verschweigen, wo begann die Lüge, und die Wahrheit, war sie gut?

Sie zählte die Stufen. Es waren fünfundachtzig. Es war aussichtslos, weder im Rollstuhl noch zu Fuß könnte Schädl hier heraufgelangen.

Hastig und ohne sich in den Anblick der Gräber und Holzkreuze zu vertiefen, ging Magda um die Kirche, und tatsächlich fand sich gegenüber ein gepflasterter, sanft abfallender Weg, den nur hin und wieder ein paar Stufen durchzogen.

Sie eilte zurück. Schädl wirkte geduldig. Er legte den Kopf zurück und betrachtete sie mit einem durchdringenden Blick, der Magda erschreckte, sie fühlte sich entblößt. Wieviel wußte er, auch er hatte doch von Anfang an die innige Verbindung gespürt, ein Verstehen ohne Worte, eine Intuition, jenseits von Wissen und Verstand.

Warum hatte sie ihn hierher gebracht? An den Ort, den er für das Grab der Frau hielt?

- Es gibt etwas, das ich Dir sagen möchte, Du hast ein Recht, es zu erfahren ... -

Dazu war es jetzt zu spät! Sie konnte ihn nicht mehr mit dem Irrtum konfrontieren, und doch! dachte Magda verzweifelt, und doch!

„Bist du soweit?" fragte Schädl.

„Ja."

„Dann laß es uns tun. Wenn es schon nicht anders geht."

Schweigend legten sie den Weg zurück, rechts der See, der langsam tiefer sank, links eine alte, bewachsene Mauer.

Die Stufen ging Schädl, auf den Stock gestützt, zu Fuß, mit zähem Willen die Gebrechlichkeit be-

zwingend.
Dann die ersten Gräber. Die Kreuze spitz überdacht. Manche der Einfassungen waren aus Holz, geschnitzte Madonnen, Laternen, Blumen. Die Kapelle, unter der sich das Beinhaus befand, lehnte direkt an einem senkrechten Fels, den Moose und Efeuranken heiter färbten.
Die Tür weit geöffnet. Drinnen gelbes Licht. An den Wänden waren die Totenköpfe aufgeschichtet, darunter die Gebeine, wie Winterholz.
Magda blieb ein Stück hinter Schädl stehen, sie fühlte plötzlich gar nichts, sie war vor Erschöpfung leer. Was hatte sie erwartet? Ein Wunder? Hilfe? Sie selbst war es, die die Dinge richtigstellen mußte, sie schuldete es der Mutter, Schädl, sich selbst.
Vor ihr der Alte. In Liebe tief gebeugt. In Liebe gefangen, und doch konnte er sich an jeden einzelnen Augenblick seines Lebens erinnern, weil tiefes Leid solche Augenblicke unvergeßlich macht, so wie großes Glück, und der Frieden beginnt, wenn das Gefühl aus den Erinnerungen weicht.
Nur der Abschied fehlte ihm. Die Endgültigkeit.
Die Namen! durchfuhr es Magda plötzlich, sie sah Schädls vorgestreckten Kopf, mit seinen schwachen Augen konnte er die Schrift nicht lesen. Magda folgte seinem Blick, das jüngste Datum lag bereits vierzig Jahre zurück.
War der Brauch veraltet? - Was, wenn er es merkte? - Unsinn, die er suchte, war ohnehin nicht da!
Magda zwang sich zur Ruhe, sie war so überfordert, daß sie kaum noch klar denken konnte. „Deine Brille?" fragte sie.

„Wozu?" schnarrte er. „Ich finde sie auch so. Ich erkenne ihr Gesicht ."

Da wich Magda stumm von der Stätte zurück, trat zwischen die Gräber, schaute hinunter zum See. Unter welchem der Dächer hatte die Fremde gelebt? W a s für ein Leben? Und in welcher Einsamkeit, da niemand die Unfalltote vermißt hatte?

Magda schloß die Augen. Das helle Licht des Sees, in dem sich die Felshänge spiegelten, blieb als kleiner, leuchtender Fleck auf den Lidern.

Sie ging zum Beinhaus zurück. Das Holz der Kreuze war meist dunkel. Sie suchte das Brettchen, auf das die Köpfe zum Bleichen gelegt worden waren, es befand sich unterm Dach des Totengräberhauses, welches seitlich an die Kapelle stieß.

Davor eine Bank. Sehr alt. Doch stabil. „Sie ist etwas verdeckt", tönte plötzlich Schädls Stimme, er hatte den Rollstuhl zu Magda hin bewegt. „Das paßt zu ihr. Sie blieb gern im Hintergrund. - Ganz anders als Martin. Der steht immer voll im Licht."

Kraftlos setzte sie sich auf die Bank. Zur inneren Leere kam allmählich die Erkenntnis, daß sich für Schädl ein Ende anzeige: ein Ende des Kummers, des Widerstandes, der schlaflosen Nächte, in denen er sich die Stirn an den Holzbalken blutig geschlagen hatte, um den Schmerz in ein physisches Ereignis umzuwandeln. Hatte Martin das gesehen, hatte er es von ihm: ... sich verbrauchen, alles tun, was schädlich ist und zerstört ... ?

Neben ihr knirschte Kies. Sie sah Schädls Füße. Obwohl der Rollstuhl bequemer war, mühte Schädl sich heraus und setzt sich neben sie. „Er ist wirklich

dunkelgrün", sagte er übergangslos, „ich habe da einiges falsch gemalt."
Und wenn schon, dachte Magda, das Leben wählt seine eigenen Farben, und es wählt sie mit Bedacht, der Schnee ist weiß, wie die Knochen, wie das Licht. Und es wählt auch die Zeit für Geständnisse, als wären sie eine hochempfindliche Saat.
Sie schwiegen.
Der Tag ging leise vorbei.
Ab und zu schaute Magda zu Schädl, und es schien, als verschmelze er mit dem Ort, mit der Bank, sein Rücken wuchs in das Mauerwerk hinein, in den großen, kalten Berg, zu Füßen des noch größeren, kälteren, und er schloß die Augen, als berührte er die Frau, und seine Hand war warm, und Magda wußte nicht, daß das von der Abendsonne kam.
Sie sprach mit ihm.
Er antwortete nicht.
Sie glaubte, selbst seine Hand zu spüren, die sie streichelte, mit den Worten: Du hast Mut ... Doch die Hand lag still. Neben ihr auf morscher Bank. Und sie schien schmal geworden, und die weißen Altersflecken wirkten wie ein Negativ der Sommersprossen.
Der See wurde dunkel.
Von der Felswand tropfte Wasser.
Der Himmel, der über dem Berg am andern Ufer noch einmal aufleuchtete, ließ die Kreuze schwarz und unabweislich gegen ihn stehen, nah und verwitternd und scheinbar ewig.
Auch Magda ruhte.

Sie erwachen spät. Sie wissen nicht, wo sie sind. Eine gelbe

Sonne fällt grell in die Wand, taut sie auf, irgendwo schlagen Steine herunter.
Die Frau lächelt scheu. Etwas ungläubig auch. Erst jetzt wird ihr bewußt, daß sie abgeschlossen hatte, in den Armen des Mannes, willenlos, ohne Fragen, eine letzte Gute Nacht, er war bei ihr, und vielleicht würde es das gewesen sein, vielleicht war das die Ankunft, das Ufer, welches sie verfehlt zu haben glaubte zeit ihres Lebens, wie hätte sie es auch in solcher Höhe suchen sollen.
Ein Erwachen in Unschuld. Tausend Meter überm Grund. Augen, die sich neu orientieren müssen, Körper, deren Glieder wie durch einen sanften Schreck wieder fühlbar werden, und soviel Himmel überall!
Der Mann stellt sich auf. Er schaut staunend ins Tal. Es ist nichts geschehen, es liegt unberührt, hier scheint alles ewig, deshalb ist es so schwer, Tod und Veränderung zu verstehen.
Er berührt die Frau. Er lächelt wie ein Kind. Er beginnt, die Sachen zu sortieren, seine Handgriffe sind ruhig und routiniert.
Die Frau freut sich jetzt. Sie fühlt sich gestärkt. Die Luft wärmt wie im Frühling, sie schmeckt ein bißchen nach Schnee, aber auch nach einem klaren Morgen in Lynns Hof, nur der Kaffee fehlt und das Gezänk der Spatzen.
Die Rucksäcke sind fertig. Die Karabiner sortiert. Während der Mann sich in die Kletterschuhe zwängt, studiert die Frau den Überhang, immer wieder hat sie sich den schwierigen Schlüsselzug eingeprägt, sie sieht deutlich die Stellen, auf die es ankommen wird, und dann wäre es geschafft, und dann wird sie wissen, daß Verzögerungen manchmal wichtig sind, nach dem Zweifel und bevor man liebt, und daß Hoffnung nachts verlorengehen kann und dennoch am nächsten Tag wiederkommt ...
Es ist Mittag, als sie den Gipfelgrat erreichen.